ENTRE RUMORES

MAUREEN CHILD

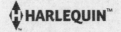

HARLEQUIN™

Editado por HARLEQUIN IBÉRICA, S.A.
Núñez de Balboa, 56
28001 Madrid

© 2013 Harlequin Books S.A.
© 2015 Harlequin Ibérica, S.A.
Entre rumores, n.º 113 - 21.1.15
Título original: Rumor Has It
Publicada originalmente por Harlequin Enterprises, Ltd.

I.S.B.N.: 978-84-687-5661-5
Depósito legal: M-30718-2014
Editor responsable: Luis Pugni
Impresión en CPI (Barcelona)
Fecha impresion para Argentina: 20.7.15
Distribuidor exclusivo para España: LOGISTA
Distribuidor para México: CODIPLYRSA
Distribuidores para Argentina: Interior, DGP, S.A. Alvarado 2118.
Cap. Fed./Buenos Aires y Gran Buenos Aires, VACCARO HNOS.

Capítulo Uno

Amanda Altman había vuelto a la ciudad.

No se hablaba de otra cosa y Nathan Battle estaba empezando a cansarse. No había nada que odiase más que ser el centro de las habladurías y ya lo había sido en una ocasión, hacía años.

Por suerte, había conseguido escapar de lo peor mudándose a Houston y metiéndose en la academia de policía y, más tarde, centrándose en su trabajo.

Pero en esa ocasión no iba a funcionar. Tenía su casa allí y no iba a marcharse a ninguna otra parte. Sobre todo, porque Nathan Battle no huía. Así que tendría que lidiar con aquello hasta que surgiese otro tema del que hablar en el pueblo.

Así era la vida en Royal, Texas. Un pueblo demasiado pequeño para tener intimidad y demasiado grande como para tener que repetir el mismo cotilleo una y otra vez.

Ni siquiera allí, pensó Nathan, entre las sagradas paredes del Club de Ganaderos de Texas, podía escapar de las habladurías ni de la especulación. Incluso de su mejor amigo.

–Entonces, Nathan –le dijo Chance sonriendo con malicia–. ¿Ya has visto a Amanda?

Nathan miró al hombre que tenía enfrente. Chance McDaniel era el dueño del rancho y hotel McDaniel's Acres. Chance había heredado el terreno de su familia y había decidido construir en él, y había hecho muy buen trabajo.

–No –se limitó a responder él.

Se dijo que, siendo conciso, transmitiría mejor el mensaje. Y tal vez le habría funcionado con cualquier otra persona, pero Chance no se iba a dar por vencido tan pronto. Eran amigos desde hacía demasiado tiempo y no había nadie que lo conociese mejor que él.

–No vas a poder evitarla eternamente –comentó Chance, dándole un sorbo a su copa de whisky.

–Por el momento ha funcionado –le respondió Nathan, levantando también su vaso.

–Por supuesto –dijo su amigo riendo–. Por eso llevas un par de semanas tan tranquilo.

Nathan frunció el ceño.

–¿Y te parece gracioso?

–No te imaginas cuánto –admitió su amigo, haciendo una mueca–. Entonces, sheriff, ¿dónde te tomas el café si estás evitando ir al Royal Diner?

Nathan agarró su copa con fuerza.

–En la gasolinera.

Al oír aquello, Chance se rio a carcajadas.

–Debes de estar muy desesperado. Tal vez sea buen momento para aprender a hacer un buen café tú solo.

–Y tal vez sea buen momento para que me dejes en paz –replicó Nathan, molesto.

Toda su rutina se había trastocado cuando Amanda había vuelto a Royal. Solía empezar el día tomándose un buen café y en ocasiones unos huevos en la cafetería. La hermana de Amanda, Pam, siempre le tenía el café preparado cuando llegaba. Pero desde que Amanda había vuelto a su mundo, había tenido que conformarse con el horrible café de la gasolinera y un bollo industrial.

Por mucho que intentase evitarlo, Amanda le estaba fastidiando.

–En serio, Nate –continuó Chance en voz baja para que los demás miembros del club allí presentes no lo oyeran–, es evidente que Amanda ha venido para quedarse. Al parecer, está haciendo algunos cambios en la cafetería e incluso está buscando una casa, o eso dice Margie Santos.

Nathan también lo había oído. Margie era la agente inmobiliaria de Royal y una de las personas más cotillas del pueblo. Si Margie decía que Amanda estaba buscando un lugar en el que vivir era porque iba a quedarse una buena temporada.

Lo que significaba que él no podría seguir haciendo como si no estuviese allí durante mucho tiempo más.

Era una pena, porque por fin había conseguido dejar de pensar en ella. O casi. Unos años antes, no había podido pensar en otra cosa, día y noche. La pasión que habían compartido lo había consumido por completo.

Incluso habían llegado a estar prometidos.

Frunció el ceño y clavó la vista en su copa de whisky. «Los tiempos cambian», reflexionó.

—Vamos a hablar de otra cosa, Chance —murmuró, mirando a su alrededor.

Mientras su amigo empezaba a hablar del rancho, Nathan pensó que el club no había cambiado prácticamente nada a lo largo de los años. El tiempo parecía haberse detenido en él. A pesar de que las mujeres eran oficialmente aceptadas, la decoración no había cambiado: las paredes estaban forradas con paneles de madera, los sofás y los sillones eran de piel oscura, las paredes estaban adornadas con bodegones de caza y había una enorme pantalla de televisión en la que se visionaban todos los acontecimientos deportivos de Texas.

El aire olía a cera con aroma a limón y tanto los suelos de madera como las mesas brillaban bajo la luz de la lámpara. La televisión estaba encendida, pero sin voz, y había varios miembros del club sentados leyendo el periódico y charlando.

Una risa de mujer inundó el salón y Nathan sonrió al ver que Beau Hacket se estremecía. Beau tenía casi sesenta años y pensaba que aquel no era un lugar para las mujeres, que ellas debían quedarse en casa, en la cocina y, además, lo decía sin ningún pudor.

En esos momentos, Beau miró a su alrededor con el ceño fruncido.

Nadie hizo ningún comentario, pero Nathan sintió la tensión en el ambiente. Estaban allí porque iba a celebrarse la reunión semanal del club y a la vieja guardia no le gustaba que hubiese mujeres.

–Parece que Abigail se está divirtiendo –murmuró Chance.

–Abby siempre se está divirtiendo –respondió Nathan.

Abigail Langley Price, casada con Brad Price, había sido la primera mujer miembro del club. Y, por supuesto que se estaba divirtiendo, porque ya tenía otras mujeres con las que charlar. No obstante, no le había sido fácil abrirse un hueco allí. A pesar de haber contado con el apoyo de Nathan, Chance y otros miembros del club, había tenido que luchar por hacerse sitio y Nathan la admiraba por ello.

–¿A ti no te resulta extraño, que haya mujeres en el club? –le preguntó Chance.

–No –respondió él terminándose su copa y dejándola en la mesa, delante de él–. Me resultaba más extraño que no has hubiese.

–Sí –dijo su amigo–. Te entiendo. Pero a algunos hombres, como Beau, no les hace ninguna gracia.

Nathan se encogió de hombros.

–Algunos hombres, como Beau, necesitan estar siempre quejándose de algo. Se acostumbrarán.

Luego le dijo a su amigo lo que había estado pensando solo unos minutos antes:

–Los tiempos cambian.

–Eso es cierto. Fíjate en lo que vamos a votar esta noche.

Nathan se sintió aliviado al ver que su amigo no volvía a hablarle de Amanda e intentó centrarse él también en la votación. Con la llegada de las mujeres al club, se habían propuesto ideas nuevas y esa noche iba a votarse una de las más importantes.

–¿La guardería?

Chance asintió.

–Los miembros más conservadores se van a enfadar más que nunca.

–Es cierto –dijo Nathan–. Aunque a mí me parece que tiene sentido, tener un lugar donde dejar a los niños mientras sus padres están aquí. Tenía que haberse hecho hace años.

–Pienso lo mismo que tú, pero me temo que Beau no va a estar de acuerdo.

–Beau nunca está de acuerdo con nada –comentó Nathan riendo.

Al ser el sheriff, Nathan tenía que lidiar con Beau de manera regular, ya que el hombre se quejaba de todo.

–Cierto.

El reloj que había encima de la chimenea de piedra dio las campanadas y ambos se pusieron en pie.

–Supongo que es hora de que empiece la reunión.

–Va a ser divertido –comentó Chance, siguiendo a Nathan hacia la sala de reuniones.

Una hora más tarde seguían discutiendo acerca de la guardería. Beau Hacket tenía el apoyo de Sam y Josh Gordon, los gemelos dueños de Gordon Construction.

–Yo diría que Sam Gordon cada vez se parece más a Beau Hacket –le comentó en un susurro Nate a su amigo Alex Santiago.

–Estoy de acuerdo –respondió su amigo, también en voz baja–. Incluso su gemelo parece sorprendido.

Alex llevaba poco tiempo en Royal, pero había hecho muchos amigos en el pueblo y se había integrado bien. Era inversor de capital de riesgo y tenía mucho dinero, así que pronto se había convertido en una de las personas más influyentes del pueblo. Nate se había preguntado alguna vez qué hacía un hombre tan rico en un lugar como Royal, pero también era probable que muchas personas se preguntasen qué hacía él de sheriff allí. Era dueño de la mitad del rancho Battlelands, así que no necesitaba trabajar para vivir.

Nate miró a los miembros presentes en la reunión. No estaban todos, pero eran suficientes para votar. Ryan Grant, que había sido una estrella de los rodeos, estaba asistiendo a su primera reunión y parecía divertido. Dave Firestone, cuyo rancho estaba al lado del de la familia de Nathan, se había puesto cómodo en la silla y observaba la discusión como si estuviese viendo un partido de tenis. Chance estaba sentado al lado de Shannon Morrison, que parecía estar deseando levantarse y decirle a Beau Hacket lo que pensaba de sus opiniones.

Y luego estaba Gil Addison, presidente del club, presidiendo la mesa. A juzgar por cómo le brillaban los ojos, estaba llegando al límite de su paciencia.

Justo entonces, Gil golpeó la mesa con su mazo hasta que consiguió que todo el mundo guardase silencio y dijo:

–Ya es suficiente. Vamos a votar. Quien esté a favor de que se cree una guardería en el club, que diga «sí».

Todas las mujeres votaron a favor rápidamente, incluidas Missy Reynolds y Vanessa Woodrow, y Nathan, Alex, Chance y varios hombres más las apoyaron.

–Quien esté en contra, que diga «no» –añadió Gil.

Los votos en contra fueron pocos.

Gil volvió a golpear la mesa con el mazo.

–Moción aprobada. El Club de Ganaderos de Texas tendrá una guardería.

Beau y los miembros de la vieja guardia estaban furiosos, pero no podían hacer nada al respecto.

Nathan los vio salir por la puerta y casi sintió pena por ellos. Los comprendía, pero uno no podía quedarse anclado en el pasado. El mundo cambiaba todos los días y había que evolucionar con él. Una cosa eran las tradiciones y, otra muy distinta, quedarse atrapado en el barro.

Las cosas cambiaban y lo mejor era aceptarlo y adaptarse. Y eso mismo tendría que hacer él con Amanda.

–Es estupendo –dijo Abigail Price sonriendo de oreja a oreja a todo el mundo–. Y nuestra Julia será la primera en estrenarla.

–Por supuesto que sí, cariño –le contestó su marido–. Es una pena que Beau y los demás se hayan disgustado, pero lo superarán.

–Tú ya lo has hecho –le recordó Abigail sonriendo.

Nate pensó que era cierto. Brad Price había hecho todo lo posible por evitar que Abby entrase en el club, y después se habían enamorado y casado, y tenían una niña preciosa.

–¿Por qué no vamos a tomar un café y un trozo de tarta? –sugirió Alex a todo el mundo.

–Buena idea –respondió Chance, mirando a Nathan.

Él se dijo que tenía unos amigos muy pesados. Estaban intentando que viese a Amanda, pero no iba a funcionar. Ya la vería. Cuando llegase el momento. A su manera. No quería montar un espectáculo para todo el pueblo.

–No, gracias –respondió, levantándose–. Tengo que ir al despacho a terminar unos papeles y después me marcharé a casa.

–¿Sigues escondiéndote? –murmuró Alex.

–Es complicado esconderse en un pueblo del tamaño de Royal.

–Pues que no se te olvide –le dijo Chance.

Molesto, Nathan apretó los dientes y se marchó. No merecía la pena discutir.

Amanda estaba tan ocupada que no tenía tiempo de preocuparse por Nathan.

O casi.

Lo cierto era que, a pesar de tener que ocuparse de la cafetería familiar, de buscar casa y de conseguir que le arreglasen la transmisión del coche, todavía tenía espacio en la cabeza para Nathan Battle.

–Es lo normal –se dijo por enésima vez esa mañana.

Volver a Royal había removido todos los recuerdos, que eran muchos.

Conocía a Nathan prácticamente de toda la vida y había estado loca por él desde los trece años. Todavía recordaba la emoción que había sentido cuando Nathan, en último año de instituto, la había llevado a ella, que estaba en primero, al baile de fin de curso.

–Si nos hubiésemos quedado ahí, la historia habría tenido un final feliz –murmuró mientras rellenaba el agua de la cafetera y el café recién molido.

Le dio al botón de la máquina y luego se giró a mirar a su alrededor. A pesar de los cambios que había realizado en la cafetería en las últimas semanas, seguía sintiéndose allí como en casa.

Había crecido en la cafetería de sus padres y había trabajado en ella cuando había sido lo suficientemente mayor. Royal Diner era toda una institución en el pueblo y ella estaba decidida a que siguiese siéndolo. Por eso había vuelto a casa después de la muerte de su padre, para ayudar a su hermana mayor, Pam, a llevar el negocio.

Al recordar aquello, Amanda puso los hombros rectos y asintió. No había vuelto por Nathan Battle. Aunque se estremeciese solo de pensar en él. Eso no significaba nada. Su vida había cambiado.

Ella había cambiado.

–Amanda, cariño, ¿cuándo vas a casarte y a venirte conmigo a Jamaica?

Salió de sus pensamientos y sonrió al ver a Hank Bristow, que tenía ochenta años y, como ya no podía trabajar en el rancho familiar, pasaba la mayor parte de su tiempo en la cafetería, charlando con sus amigos.

–Hank, solo me quieres por mi café –respondió Amanda, rellenándole la taza que el anciano tenía en la mano.

–Una mujer que sabe hacer bien el café vale su peso en oro –comentó él muy serio.

Ella sonrió, le dio una palmadita en la mano y recorrió la barra con la jarra de café recién hecho en la mano para atender a sus demás clientes. Era todo tan… fácil. Había recuperado su vida en Royal como si jamás se hubiese marchado de allí.

–¿Por qué has encargado cartas nuevas?

Amanda pensó que tal vez no todo fuese tan fácil. Se giró hacia Pam, que, como de costumbre, parecía enfadada con ella. En realidad, nunca se habían llevado bien. Ella había vuelto a Royal principalmente para ayudarla, pero lo cierto era que necesitar ayuda y quererla eran dos cosas diferentes.

Amanda volvió a recorrer la barra, dejó la cafetera y respondió:

–Porque había que cambiar las viejas. Estaban rotas. Y los menús, desfasados.

Vio que Hank las miraba con interés y bajó la voz para añadir:

–Ya no servimos la mitad de las cosas que aparecían en ellas, Pam.

Su hermana, que era de estatura baja y pelo castaño, iba vestida con una camiseta roja, vaqueros y unas sandalias moradas, y golpeaba con una de ellas el suelo de la cafetería.

—Nuestros clientes habituales lo saben. No les gustan los menús modernos, Amanda.

Ella suspiró.

—Las cartas nuevas no son modernas, pero por lo menos no son cutres.

Su hermana resopló.

—Está bien, lo siento —dijo Amanda, haciendo acopio de paciencia—. Estamos en esto juntas, ¿no? Me dijiste que necesitabas ayuda y he venido a ayudarte. Vamos a llevar la cafetería juntas.

Pam se quedó pensativa unos segundos y luego respondió.

—Yo no te pedí que vinieras y tomases las riendas.

—No estoy tomando las riendas, Pam. Estoy intentando ayudar.

—¿Cambiándolo todo? —inquirió su hermana.

Luego bajó la voz y continuó:

—Aquí se valora la tradición. ¿O es que se te ha olvidado, después de vivir en Dallas tanto tiempo?

Amanda no pudo evitar sentir una punzada de culpabilidad. Era cierto que no había ido mucho por Royal en los últimos años. Y sabía que tenía que haberlo hecho. Después de la muerte de su madre, años antes, su padre, Pam y ella se habían distanciado. Y Amanda sabía que lamentaría durante el resto de su vida no haber pasado más tiempo con su padre cuando había podido hacerlo.

Pero ella había crecido en la cafetería, igual que Pam. Así que tampoco le resultaba fácil cambiar las cosas. En parte, odiaba deshacerse de cosas que su padre había llevado allí, pero los tiempos cambiaban, lo quisiesen o no.

—Papá nos contó que cuando heredó el negocio de su padre hizo muchos cambios —argumentó.

Pam frunció el ceño.

—No se trata de eso.

Amanda respiró hondo. Olía a café recién hecho, a huevos y beicon.

—Entonces, ¿de qué se trata, Pam? Me pediste que volviese a casa a ayudarte, ¿recuerdas?

—A ayudarme, no a asumir el mando.

Tal vez hubiese realizado los cambios demasiado pronto. Tal vez no se hubiese tomado el tiempo de hablarlos con su hermana antes de tomar las decisiones. Era cierto, y estaba dispuesta a admitirlo. Aunque en su defensa tenía que decir que casi no había visto a Pam desde que había vuelto al pueblo. No obstante, sabía que si se lo decía volverían a discutir, así que se lo calló.

—Tienes razón —dijo, viendo cómo su hermana ponía gesto de sorpresa—. Tenía que haber hablado contigo de las cartas. Y también de la barra y las mesas. Y… no lo hice.

Hizo una pausa para mirar a su alrededor.

–Supongo que no me había dado cuenta de lo mucho que había echado de menos este lugar. Y, cuando volví, me zambullí directamente en él.

–No me puedo creer que hayas echado de menos la cafetería –murmuró Pam.

Amanda se echó a reír.

–Yo tampoco. Las dos trabajamos tanto aquí de niñas, que jamás pensé que querría volver a hacerlo de adulta.

Pam suspiró y se apoyó en la barra. Miró con el ceño fruncido a Hank, que seguía intentando escuchar su conversación. El anciano puso los ojos en blanco y apartó la vista.

–Me alegro de que estés aquí –dijo Pam por fin–. Y creo que, juntas, deberíamos ser capaces de llevar este sitio y de tener nuestra vida.

–Por supuesto –respondió Amanda sonriendo.

–Pero he dicho «juntas», Amanda –añadió Pam con firmeza–. No tomes tú todas las decisiones y esperes a que me entere de que has cambiado la carta cuando ya está hecho.

–Tienes toda la razón. Tenía que haber hablado contigo y lo haré a partir de ahora.

–Bien –dijo Pam–. Me alegro. Ahora, tengo que salir. He quedado con un proveedor nuevo de verduras orgánicas y…

Amanda sonrió y dejó de escuchar a su hermana. Su mirada recorrió el local y luego se posó en la calle. La calle principal de Royal. Las aceras ya estaban llenas de personas que habían madrugado para hacer las compras. Había coches aparcados en la curva. Y el sheriff avanzaba por la acera, hacia la cafetería.

El sheriff iba hacia la cafetería.

A Amanda se le aceleró el corazón, se le secó la boca y no pudo apartar la mirada del único hombre del mundo al que, al parecer, era incapaz de olvidar.

Nathan supo que tenía que enfrentarse a Amanda.

Dejó a su ayudante, Red Hawkins, en el despacho y salió a la calle. Hacía una mañana soleada, que auguraba la llegada del caluroso verano a Texas.

Y eso le encantaba.

Saludó a los viandantes y se detuvo a sujetarle una puerta a Macy Harris, que iba con un bebé en un brazo y un niño pequeño de la mano.

Aquel era su sitio. Nathan había tenido que pasar unos años en Houston, trabajando de policía, para darse cuenta, pero había vuelto y sabía que jamás volvería a marcharse de Royal. Había encontrado su lugar y no iba a permitir que Amanda Altman le hiciese sentirse incómodo en él.

Así que avanzó por la calle, sorteando algún coche, directo a Royal Diner.

Era un lugar emblemático en el pueblo. Nathan recordaba haber ido allí de niño con sus padres y, más tarde, de adolescente, reunirse allí con sus amigos después de los partidos de fútbol y en las largas y aburridas tardes de verano.

Era el corazón no oficial del pueblo, lo que significaba que había gente a cualquier hora del día. Gente que observaría su reencuentro con Amanda con interés.

–Me da igual –murmuró justo antes de llegar a la puerta de cristal–. Que hablen todo lo que quieran.

Abrió la puerta, entró y se detuvo, miró a su alrededor y se dio cuenta de que habían pintado las paredes, que ya no eran blancas, sino de un color verde claro, y estaban adornadas con fotografías del local a lo largo de los años. También habían cambiado la barra, que seguía siendo roja, pero era nueva y brillante. Habían pulido los suelos de baldosas blancas y negras y habían renovado los sillones de vinilo rojo. Había sillas nuevas alrededor de las mesas y la luz del sol entraba por las ventanas, que daban a la calle principal.

Pero, en realidad, a él no le importaba nada de eso.

¿Cómo iba a importarle?

Tenía todos los sentidos puestos en la mujer que había detrás de la nueva barra, mirándolo.

Amanda Altman.

Vaya. Estaba demasiado guapa.

Nathan respiró hondo. No había esperado sentir aquella repentina oleada de calor. Se había convencido a sí mismo de que se había olvidado de ella, de que había olvidado cómo había sido estar con ella.

Pero se había equivocado.

—Hola, Nathan.

—Amanda —la saludó, ignorando los murmullos a su alrededor.

Ella se fue hasta un extremo de la barra y se colocó detrás de la caja registradora. ¿Sería un movimiento defensivo?

En cualquier caso, eso lo relajó y le dio confianza. Al parecer, a Amanda tampoco le gustaba aquel encuentro público.

Era nueva allí. Bueno, había crecido en Royal, igual que él, pero hacía tres años que Nathan había vuelto, mientras que ella llevaba solo un par de semanas. Lo que significaba que el que estaba en su terreno era él.

Con aquello en mente, se acercó a ella y vio que levantaba la barbilla de manera desafiante. La conocía demasiado bien como para no fijarse en aquel detalle.

—Buenos días, Nathan —lo saludó Pam en voz alta—. Te estábamos echando de menos últimamente.

—He estado ocupado —respondió él.

Hank Bristow dejó escapar una carcajada, pero él hizo caso omiso.

—¿Lo de siempre?

–Por supuesto, gracias, Pam –dijo Nathan sin apartar la vista de la de Amanda.

Estaba igual que siempre y, al mismo tiempo, diferente. Tal vez fuesen los años. O que sus ojos ya no brillaban con adoración al mirarlo. Nathan se aseguró que daba igual. Amanda formaba parte de su pasado, a pesar de la reacción de su cuerpo al verla.

Sabiendo que todo el mundo estaba pendiente de ellos, le preguntó:

–¿Y has venido a quedarte o solo de visita?

Pam se acercó a él y le dio un vaso desechable con café solo. Nathan lo aceptó sin mirarla y se metió la mano en el bolsillo para buscar el dinero.

–Invita la casa –le dijo Amanda.

–No es necesario –contestó él, dejando un par de dólares en la barra–. No has respondido a mi pregunta, Amanda. ¿Vas a quedarte o a marcharte?

–He vuelto a casa para quedarme, Nathan –dijo ella–. Espero que no sea un problema para ti.

Él se echó a reír y le dio un sorbo a su café. Después, dijo deliberadamente en voz alta, para que todo el mundo lo oyera:

–¿Por qué iba a ser un problema para mí, Amanda? Lo nuestro se terminó hace mucho tiempo.

Todo el mundo guardó silencio y puso atención a la conversación.

–Tienes razón –respondió ella, levantando la barbilla todavía más–. Ya no somos unos niños. No hay motivos por los que no podamos tener una relación cordial.

–Ninguno.

–Bien. Me alegro de que hayamos hablado –añadió Amanda.

–Yo también.

–Claro que sí –murmuró Hank en tono irónico–. Es evidente que ya está todo arreglado.

–Cállate, Hank –le dijo Nathan antes de girarse para ir hacia la puerta.

–¿Me acompañas al coche, Nathan? –preguntó Pam a sus espaldas.

Y él se giró, pero en vez de mirar a Pam, su mirada se clavó en Amanda y una oleada de calor lo golpeó.

Tal vez aquella mujer formase parte de su pasado, pero entre ellos seguía habiendo algo que le resultaba muy molesto.

Entonces Pam lo agarró del brazo, y Nathan la acompañó a la calle sin mirar atrás.

Capítulo Dos

–Ha ido bien –se dijo Amanda, entrando en el pequeño apartamento que había encima de la cafetería, en el que estaba viviendo por el momento.

Se había pasado el día pensando en su breve encuentro con Nathan. De hecho, era probable que esa hubiese sido su intención.

Nathan siempre había sido un hombre que asumía el mando de cualquier situación. Era un tipo controlador, así que lo normal era que se hubiese asegurado de que su primer encuentro transcurría tal y como él quería. Por eso había ido a la cafetería por la mañana, para que hubiese testigos de su conversación y que no tuviesen la oportunidad de hablar de verdad.

Amanda tenía la sensación de que Nathan no había cambiado lo más mínimo. Seguía siendo tan tozudo como siempre. Nada más verlo, Amanda había sabido que no iban a poder arreglar las cosas. Aunque ¿por qué iban a hacerlo?

Se dejó caer en el mullido sofá de flores que tenía más años que ella y apoyó los pies en la mesita de café que tenía delante. La novela romántica que estaba leyendo estaba al lado de un viejo jarrón de cerámica en el que habían puesto un ramo de margaritas y jacintos silvestres. El aroma era como un suspiro de verano en aquel salón en el que hacía demasiado calor. Amanda deseó que el aparato de aire acondicionado funcionase mejor.

Sobre el sofá descansaban varios cojines de colores alegres y en el salón también había dos sillones muy incómodos, fotografías en las paredes de color arena, que había elegido su madre, y un par de alfombras sobre el gastado suelo de madera.

Amanda se cruzó de brazos y miró hacia el ventilador que había en el techo, pensando que aquel pequeño apartamento era como una tabla de salvación. Sus padres habían ido a vivir allí nada más casarse y abrir la cafetería. Después, lo habían alquilado amueblado a muchas personas a lo largo de los años. Más tarde lo había ocupado Pam, y luego ella, durante los años de universidad.

Tener su propia casa la había ayudado a sentirse independiente al mismo tiempo que segura, dado que siempre había estado cerca de su familia.

Allí había pasado muchos momentos con Nathan, así que era un lugar lleno de recuerdos de él. Si lo intentaba, estaba segura de poder oír su voz, susurrando en la oscuridad.

Pero no lo intentó.

En su lugar, se concentró en lo que él le había dicho esa mañana. O, más bien, en lo que no le había dicho.

–No quiere que hablemos de nada –dijo en voz alta–. Solo quería que supiese que no siente nada al verme. Quería ser él quien pusiese las normas. Como siempre. Dice cómo tienen que ser las cosas, impone sus normas, y luego se marcha, dejándote espacio para que las cumplas.

Pues iba a llevarse una sorpresa.

Porque Amanda ya no aceptaba órdenes de nadie. Ya no era la muchacha asustadiza que había sido, joven y enamorada, que jamás había discutido con Nathan, al menos, hasta la última noche.

Nunca le había dicho que no le gustaban las películas de acción, ni las exposiciones de coches, ni que pescar le parecía la actividad más aburrida del mundo.

No, en vez de eso, lo había acompañado siempre a donde él había querido ir.

En esos momentos, no podía creer que se hubiese entregado tanto a él. No había podido pensar en otra cosa y, cuando lo suyo se había roto, no había sabido qué hacer.

Había tardado un tiempo en encontrar su lugar. En encontrar a la verdadera Amanda. Pero lo había hecho y ya no había marcha atrás.

Levantó la barbilla y frunció el ceño.

–Soy una adulta, Nathan, y no voy a cumplir tus normas. Ya no te necesito.

Oyó sus palabras retumbar en la habitación y esbozó una sonrisa tensa. Ojalá pudiese creerlas.

Era cierto que ya no necesitaba a Nathan como en el pasado, como respirar. No, lo que necesitaba en esos momentos era deshacerse de sus recuerdos. Sacarse a Nathan Battle de la cabeza y del corazón de una vez por todas para poder seguir con su vida.

Para dejar de recordar lo bien que habían estado juntos.

Se levantó del sofá de un salto y se dijo a sí misma con firmeza que tenía que pensar en lo malo. En el Nathan que la enfadaba. En el Nathan dictatorial que intentaba tomar las decisiones por ella. En el hombre que había insistido en que se casasen porque la había dejado embarazada y que, cuando el embarazo se había truncado, la había dejado sola y aturdida.

Eso era lo que tenía que recordar. Tenía que pensar en el dolor de haber perdido al bebé con el que tanto había soñado y de darse cuenta de que el hombre al que amaba no era en realidad el hombre que ella había pensado que era.

Si podía hacerlo, todo iría bien.

Entró en la cocina y buscó en la nevera las sobras del día anterior. Como se pasaba el día trabajando con comida, por las noches no solía tener mucha hambre.

No le apetecieron los sándwiches ni las patatas rellenas que no había vendido el día anterior, pero sabía que tenía que comer, así que sacó las patatas y una botella de vino blanco y luego cerró la nevera.

Colocó las patatas en una fuente y las metió al horno. Después se sirvió una copa de vino y se la llevó al pequeño cuarto de baño.

Solo tardó unos pocos minutos en ducharse y ponerse unos vaqueros cortos y una camiseta de tirantes. Luego tomó el vino y volvió descalza al salón, a esperar que la cena estuviese lista.

El vino frío hizo la espera más fácil e incluso los recuerdos de Nathan menos… molestos. Se preguntó cómo era posible que, a pesar de estar furiosa con él, todavía sintiese un cosquilleo increíble.

Era muy triste.

Después de romper con Nathan, no había vivido exactamente como una monja. Había salido con chicos. No muchos, porque no había podido pensar en el futuro sin poder olvidarse del pasado. Siempre que había conocido a algún hombre había esperado sentir por él lo mismo que había sentido por Nathan, pero no lo había conseguido.

¿Cómo iba a haberse casado con otro cuando solo podía pensar en Nathan? Era imposible. Quería lo que había tenido con él, pero con otro.

Esa mañana, había sentido la presencia de Nathan. No le había hecho falta verlo para saber que estaba allí. Y, nada más posar los ojos en él, se había estremecido y había tenido que hacer un esfuerzo para que no se le doblasen las rodillas.

Nadie tenía aquel efecto en ella.

Solo él.

Dio un sorbo de vino y sacudió la cabeza.

–No es buena señal, Amanda.

Habían pasado años desde la última vez que lo había visto, que lo había tocado, pero su cuerpo había reaccionado como si hubiese sido el día anterior.

Pero sabía que no podían volver a estar juntos.

Para intentar distraerse del torbellino hormonal que sentía dentro, se acercó a una de las ventanas que daban a la calle principal. Solo vio un par de coches, casi no había nadie. El silencio era impresionante. Las farolas salpicaban de charcos de luz amarilla las aceras vacías y el cielo estaba adornado con miles de estrellas.

La vida en un pueblo era muy distinta de la vida en Dallas. Allí, la ciudad bullía de actividad toda la noche.

A Amanda le había gustado vivir en la ciudad y la había ayudado a distraerse del dolor.

Al menos, al principio. Con el tiempo se había convertido en otra persona anónima más que iba del trabajo a casa y de casa al trabajo. Y entonces se había dado cuenta de que no era feliz.

Toda su vida había girado alrededor de un trabajo que en realidad no le gustaba y de unas salidas nocturnas que no la divertían. Había hecho amigos y había tenido algún novio con el que siempre había terminado mal, probablemente por su culpa, porque nunca había podido evitar compararlos a todos con Nathan. Una pena, pero así era.

Entonces había fallecido su padre y, un par de meses después, Pam la había llamado para pedirle ayuda. Y ella había dejado la ciudad atrás y había vuelto a Royal a pesar de saber que tendría que enfrentarse a Nathan.

Y al llegar a Royal, se había sentido como si jamás hubiese salido de allí. Lo cierto era que, en realidad, era una chica de pueblo.

Le gustaba vivir en un lugar en el que las noches eran tranquilas y las familias siempre estaban juntas. Le gustaba saber que estaba segura aunque no cerrase la puerta con llave. Y, en esos momentos, le encantaba no tener que hablar con nadie hasta el día siguiente.

Podía haberse quedado en la casa de sus padres, con Pam, pero se había acostumbrado a tener su propio espacio. Y, además, a juzgar por la actitud de su hermana, tenía la sensación de que el hecho de que la necesitase no significaba que quisiese tenerla cerca. Nunca habían tenido una relación cercana y, por el momento, parecía que la situación no iba a cambiar.

Bebió más vino e intentó no pensar en aquello ni tampoco en Nathan. No iba a poder solucionar nada en una noche, así que no merecía la pena volverse loca.

Miró hacia la oficina del sheriff, que estaba a oscuras. En un pueblo como Royal, no hacía falta que hubiese presencia policial las veinticuatro horas del día. Además, si ocurría algo solo había que llamar a Nathan o a su ayudante.

Se preguntó si Nathan seguiría viviendo en el rancho de su familia, el Battlelands. Y entonces se dijo que no era asunto suyo.

—Si piensas en él no vas a poder dejar de pensar en él —se reprendió en voz alta.

El olor a queso fundido y a patatas estaba empezando a invadir el aire y el estómago de Amanda protestó. Al parecer, tenía más hambre de lo que había pensado.

Entonces, llamaron a la puerta y se sobresaltó. Dio un paso al frente, se detuvo, y miró hacia la puerta que conducía a la escalera exterior que daba a un lado de la cafetería. Se estremeció y supo inmediatamente quién era.

No obstante, se acercó y preguntó:

—¿Quién es?

–Soy yo, Amanda –respondió Nathan en voz baja, autoritaria–. Ábreme.

Y ella pensó que no era posible que siguiese sintiéndose así después de tanto tiempo y con solo oír su voz.

Apoyó una mano en la puerta, respiró hondo e intentó calmar su corazón, pero no funcionó.

–¿Qué quieres, Nathan? –preguntó, apoyando la frente en la puerta.

–Lo que no quiero es tener que hablar contigo desde aquí fuera, donde cualquiera podría verme.

No había nadie en la calle, pero Amanda supo que no quería arriesgarse a que alguien se asomase a la ventana y viese a Nathan allí.

Así que abrió.

Bajo la luz del porche, su pelo castaño parecía más claro, sus hombros más anchos y sus ojos…

No había luz suficiente para descifrar su mirada. Aunque Amanda podía imaginarse lo que Nathan estaría pensando, sintiendo. Estaba tenso. Al parecer, habría preferido estar en cualquier otro sitio que no fuese aquel.

Mejor. Ella no lo había invitado a ir.

–¿Qué ocurre, Nathan?

Él entró con el ceño fruncido.

–Pasa, por favor –le dijo Amanda en tono irónico, cerrando la puerta tras él.

–Tenemos que hablar –anunció Nathan, girándose a mirarla–. Y no voy a hacerlo en la cafetería, con todo el mundo escuchando.

–En ese caso, tal vez no debías haber venido esta mañana.

–Tal vez –murmuró él, metiéndose las manos en los bolsillos de los pantalones vaqueros–, pero necesitaba tomarme un buen café.

Amanda no se había esperado aquello. Nathan parecía disgustado, parecía tan… frustrado que no pudo evitar echarse a reír. Él levantó la cabeza y la miró a los ojos.

–Lo siento –se disculpó Amanda, volviendo a reír–, pero ¿de verdad has venido por el café?

–He estado yendo a la gasolinera.

–Pobrecillo –comentó ella en tono de broma.

Y Nathan volvió a fruncir el ceño.

–Ríete, pero me parece que Charlie no ha limpiado esa cafetera en veinte años –le dijo él haciendo una mueca.

Amanda volvió a sonreír.

Él sacudió la cabeza y bajó la vista a su copa de vino.

–¿Tienes una para mí?

–Sí. Y también cerveza, si lo prefieres.

–Eso estaría bien.

De repente, sus hombros se habían relajado un poco y estaba sonriendo de medio lado. Aunque la sonrisa solo duró un instante.

Amanda fue a la cocina, abrió la nevera y sacó una cerveza. Luego esperó un segundo e intentó tranquilizarse. Había llegado el momento que tanto había temido durante años. El reencuentro con Nathan. A solas. No tenía ni idea de lo que iba a ocurrir, pero, fuese lo que fuese, al menos sería algo. Y eso era mejor que el vacío de los últimos años. Mejor que el silencio que había habido entre ambos desde que había vuelto a Royal.

Con aquello en mente, salió al salón, le dio la cerveza y se sentó en el sofá. Sobre todo, porque le temblaban un poco las rodillas.

Luego levantó la vista y observó a Nathan mientras abría la cerveza y le daba un sorbo. Le fastidió que estuviese tan guapo. Lo vio recorrer el apartamento con la mirada y se preguntó si estaría recordando todas las noches que habían pasado allí juntos. Si todavía podría oír las palabras que se habían susurrado. Lo más probable era que no. Nathan no querría recordar un pasado que ya no tenía ninguna importancia en su vida.

Mientras él estudiaba el apartamento, Amanda lo estudió a él. Estaba moreno, llevaba unas botas marrones, vaqueros azules y una camisa verde oscuro de manga corta. Estaba tenso y muy recto.

No estaba de servicio, pero su actitud era la de un policía. Nathan era así. Un hombre entregado al deber, que prefería el orden al caos, las normas a la confusión. Si salía de viaje conducía siempre por la autopista, mientras que ella prefería las carreteras secundarias, parar por el camino cuando veía algo interesante. No era de extrañar que hubiesen chocado.

Y, no obstante, seguía sintiéndose atraída por él. No podía evitarlo.

Pero aquel era el motivo por el que tenía que estar allí. Porque, hasta que no fuese inmune a Nathan, no podría avanzar.

Él le dio otro sorbo a la cerveza y clavó la vista en la botella.

—Siento lo de tu padre.

Amanda parpadeó al notar que se le llenaban los ojos de lágrimas. No había esperado que Nathan fuese tan amable con ella y eso la desconcertó.

—Gracias. Lo echo de menos.

—Sí, era un buen hombre.

—Sí.

Era preferible hablar de la familia que de la tensión que había entre ambos.

—¿Por qué has vuelto?

Aquel volvía a ser el Nathan que Amanda conocía mejor.

—¿Perdona?

—Has estado fuera muchos años, Amanda. ¿Por qué has vuelto ahora?

—¿Ahora se encarga también de vigilar las fronteras, sheriff? —le preguntó ella—. ¿Hay que pasar por tu despacho antes de instalarse?

—Yo no he dicho eso.

Ella se puso en pie. Aunque era alta, se vio

obligada a mirar hacia arriba para encontrarse con sus ojos.

—Royal es mi hogar tanto como el tuyo, Nathan Battle.

—Pues nadie lo habría dicho —comentó él.

—Creo recordar que tú también estuviste una temporada viviendo en Houston. ¿Te interrogaron cuando volviste a Royal?

—No te estoy interrogando, Amanda —replicó Nathan—. Solo te he hecho una pregunta.

—Cuya respuesta ya conoces —le espetó ella—. Pam necesita ayuda con la cafetería. Por eso he vuelto. No tiene nada que ver contigo, Nathan.

—Soy el sheriff de Royal. Vivo aquí. Y tú has vuelto y has empezado a remover las cosas…

—¿Qué he empezado a remover, Nathan? —lo interrumpió ella.

Nathan se puso tenso y Amanda recordó que odiaba que lo interrumpiesen. En el pasado, habría cerrado la boca y habría permitido que siguiese hablando, pero aquello había cambiado.

—Estoy trabajando en la cafetería de mi familia.

—Y haciendo que todo el mundo vuelva a hablar —comentó él.

—Por favor. En Royal se habla de todo. No hace falta que yo esté aquí para que hablen de mí.

—No están hablando de ti, sino de nosotros —le explicó Nathan muy serio.

—No hay nada entre nosotros —dijo Amanda, sorprendida al notar que se le encogía el corazón.

—Tú y yo lo sabemos, pero la gente…

—Olvídate de la gente —lo volvió a interrumpir ella.

Nathan respiró hondo.

—Es fácil de decir, pero soy el sheriff. Necesito tener el respeto de las personas a las que protejo. No me gusta ser el centro de las habladurías.

—Pues díselo. ¿Por qué me lo cuentas a mí?

—Porque, si te marchas, pararán.

Amanda dejó la copa de vino antes de que le diesen ganas de tirársela por la cabeza.

—No voy a marcharme, y no van a parar.

Sus palabras lo sorprendieron. Amanda lo vio en sus ojos, pero no había terminado de hablar.

—Hasta que tengamos noventa años, la gente especulará y recordará…

—Quiero que te marches, Amanda.

—Y yo quiero que dejes de preocuparte por lo que piensen los demás —replicó ella—. Supongo que ambos vamos a llevarnos una decepción.

Nathan dejó la cerveza al lado de su copa de vino y se acercó a ella. Amanda pensó que era un hombre acostumbrado a salirse con la suya. A decir a los demás lo que tenían que hacer y que lo obedeciesen.

Y tal vez lo hubiese conseguido con ella unos años antes, pero ya no. No iba a marcharse del pueblo porque él se lo dijese y no se iba a dejar amedrentar por un sheriff alto y guapo, con una mirada tan fría como el viento en invierno.

—Si piensas que vas a asustarme, te estás equivocando.

—No quiero asustarte.

—Bien, porque…

—No quiero nada contigo.

Aquello le dolió a Amanda, pero no iba a permitir que Nathan se diese cuenta.

—Ni yo contigo, Nathan. Ya no soy la chica que era. Ya no voy a seguirte como un corderito esperando a que me dediques una sonrisa. Soy…

Él la agarró con fuerza, la acercó a su cuerpo y la besó con una desesperación alimentada por el deseo y la ira juntos.

Amanda sintió lo mismo y no intentó zafarse. No fingió que no lo deseaba tanto como él a ella. En vez de eso, lo abrazó por el cuello y lo besó también.

Había echado mucho de menos aquello. Sus besos. El cuerpo fuerte de aquel hombre. Separó los labios y permitió que Nathan profundizase el beso. Él gimió y se apretó contra ella. Había tanta química entre ambos…

Nathan subió y bajó las manos por su espalda y siguió besándola. Amanda pensó que nunca se había sentido así con ningún otro hombre. Lo que significaba que seguía teniendo un grave problema.

Mientras su cuerpo ardía, ella se dijo que aquello era un grave error. Así no iba a conseguir olvidarse de Nathan. Aunque en esos momentos lo único que quería era volver a sentirse viva entre sus brazos.

Capítulo Tres

Cuando Nathan la soltó por fin y dio un paso atrás, Amanda se tambaleó y tomó aire como si hubiese estado ahogándose.

Le ardían los labios y todo su cuerpo estaba temblando.

–¿Has visto? –gruñó él–. Este es el motivo por el que no tenías que haber vuelto.

–¿Qué?

Amanda parpadeó y se dio cuenta de que la expresión de Nathan volvía a parecer labrada en piedra. Parecía duro, intocable y tan apasionado como un témpano de hielo. ¿Cómo era posible que se transformase así? ¿Podría enseñarla a hacerlo?

–Te he besado y te me has tirado encima.

Aquello le sentó como un jarro de agua fría.

–¿Qué has dicho? ¿Que me he tirado encima de ti?

Amanda se acercó y lo señaló con un dedo acusador.

–¿Quién ha empezado? ¿Quién ha venido a casa de quién?

Él apretó los dientes.

–No se trata de eso.

–Por supuesto que sí, Nathan –replicó ella, furiosa, más consigo misma que con él–. Has sido tú el que ha venido a buscarme, como entonces. Tú lo empezaste todo, entonces y ahora.

–Pues voy a terminar con ello.

Aquello la hirió y la enfadó todavía más. Nathan decía cuándo empezar y cuándo terminar. Y ella tenía que obedecer. Nathan Battle, el Rey del Universo.

–Qué sorpresa. Así que te gusta terminar las cosas, ¿no?

Él frunció el ceño y apretó los dientes. Y a Amanda le gustó ver que no era la única que estaba enfadada.

–No fui yo quien terminó con lo nuestro hace siete años –dijo por fin.

–Pues yo creo recordar que fuiste tú quien se marchó –replicó ella, tan dolida como si hubiese ocurrido el día anterior.

–Era lo que tú querías.

–¿Y cómo lo sabes, Nathan? Jamás me preguntaste qué quería.

–Esto no tiene sentido.

Hubo un par de minutos de tenso silencio y luego Nathan fue hacia la puerta. Una vez allí, se giró hacia Amanda y la miró.

–A este pueblo le encanta tener de qué hablar, pero yo no pienso ser su tema de conversación.

–¡Me alegro por ti! –le dijo Amanda, tomando su copa de vino y dándole un sorbo que, en realidad, no le apetecía.

Después volvió a dejarla en la mesa. Si Nathan pensaba que ella sí que quería ser el centro de las habladurías, estaba loco.

—La familia Battle tiene una reputación…

—Y los Altman no estamos a la altura, ¿verdad? —lo interrumpió Amanda una vez más, disfrutando con ello.

—Yo no he dicho eso.

—No hace falta —le dijo ella, acercándose a la puerta con la mirada clavada en sus ojos—. Lo que me sorprende es que me pidieras que me casase contigo.

—Estabas embarazada —le recordó Nathan.

Aquello volvió a herirla.

No habían hablado de la pérdida del bebé desde la noche en que él se había marchado.

—Qué golpe tan bajo.

Él tardó unos segundos en contestar.

—Tienes razón —admitió entonces, pasándose una mano por el rostro—. Maldita sea, Amanda, tenemos que encontrar la manera de poder vivir los dos en este pueblo.

Ella se frotó los brazos porque, de repente, tenía frío a pesar de que era verano y hacía calor. Tal vez fuese la reacción de su cuerpo después del beso, o los recuerdos que Nathan había despertado en ella.

El recuerdo del hijo que había perdido. Del niño que tanto había deseado. En cualquier caso, quería estar sola hasta que se le pasase aquella sensación. Necesitaba tiempo. Tiempo para pensar. Tiempo para recuperarse del golpe. Pero antes tenía que conseguir que Nathan se marchase.

—Y supongo que tienes un plan –le dijo.

—Por supuesto que sí –admitió él–. Cada uno se ocupará de su trabajo y de su vida. Si nos vemos, seremos correctos, pero distantes. No hablaremos más a solas. No…

—¿Volveremos a besarnos? –terminó Amanda por él.

—Sí. No volveremos a hacerlo.

—Bien. Estoy de acuerdo –le dijo, levantando ambas manos–. Las normas de conducta de Nathan. ¿Vas a enviarme una copia? La firmaré. ¿Quieres que vayamos al notario?

—Muy graciosa.

—No has cambiado nada, Nathan. Sigues dando órdenes y esperando que los demás las cumplan. ¿Quién te ha nombrado jefecillo del mundo occidental?

—¿Jefecillo?

—Has venido a mi casa, me has besado y luego me has dicho cómo debo vivir mi vida. ¿Esperabas que te contestase: «Sí, señor»?

—Habría estado bien –murmuró Nathan.

Ella se echó a reír a pesar de todo.

—Pues eso no va a ocurrir.

—Me vuelves loco –comentó él, sacudiendo la cabeza–. Siempre lo has hecho.

Su voz era más suave y profunda, y sus ojos tenían un brillo que Amanda recordaba muy bien. Se puso recta y en guardia.

–Me alegra saberlo –le dijo–. Algo es algo.

Él suspiró y murmuró algo que Amanda no entendió antes de añadir:

–Está bien, no habrá normas, pero cada uno hará su vida.

–Bien.

–Antes o después, dejarán de hablar de nosotros o de esperar que ocurra algo y…

–Lo estás haciendo otra vez –lo interrumpió Amanda.

–¿El qué?

–Poner normas. Estás diciendo lo que va a ocurrir –le explicó–. No puedes controlarlo todo, Nathan. Las cosas… pasan.

Como perder un bebé. Era algo que pasaba.

–No.

–No puedes controlarlas, Nathan.

–Te equivocas. Por supuesto que controlo mi vida. Ya no hago excepciones –añadió–. Ya no.

En el pasado, ella había sido la excepción en la vida de Nathan. Le había hecho cambiar de planes y tener que buscar una nueva estrategia. En esa ocasión Amanda era más madura, y más sabia, o eso esperaba, y no iba a dejarse arrastrar por la ordenada vida de Nathan. Prefería su caos. Le gustaba no saber lo que iba a ocurrir.

–Royal es un pueblo pequeño –empezó a decir él–, pero no tanto como para que no podamos ignorarnos con facilidad.

–Entonces, ¿quieres que hagamos como que el otro no existe?

–Es lo mejor.

–¿Para quién?

Nathan no respondió. Abrió la puerta y se despidió:

–Adiós, Amanda.

Ella oyó el sonido de sus botas en las escaleras y, pocos segundos después, el motor de su coche.

Cerró la puerta al mundo, fue a la cocina y sacó las patatas del horno. Luego se quedó allí, observando cómo salía humo de ellas.

–Maldita sea –murmuró.

Se le había quemado la cena, tenía un nudo en el estómago y estaba enfadada.

–Se ha vuelto a marchar.

Se sirvió otra copa de vino y se obligó a comerse las patatas mientras se prometía a sí misma que la siguiente vez que estuviese en la misma habitación que Nathan sería ella la primera en marcharse.

Las luces del rancho Battlelands se veían a lo lejos, brillaban prácticamente en todas las ventanas, incluso en el granero, en la casa del capataz y en casa de Nathan.

Como siempre, él empezó a relajarse al llegar allí. Tal vez no fuese un ranchero, pero aquella tierra corría por sus venas tanto como por las de su hermano pequeño, Jacob. Los Battle llevaban allí más de ciento cincuenta años.

El centro del rancho era la casa principal, de estilo victoriano, que había sido construida hacía siglo y medio y había ido reformándose y ampliándose con los años. El resto de las construcciones eran bastante más modernas, por supuesto.

Aquel lugar era único porque los Battle no tiraban algo solo porque fuese viejo. Lo arreglaban, lo mejoraban y lo conservaban, para no olvidar nunca de dónde provenían. Y así habían conseguido que su rancho fuese más grande y próspero de lo que jamás habría podido soñar aquel primer Battle.

Nathan aparcó el coche y, al salir, oyó el susurro de los árboles con el aire caliente.

Oyó risas de niños en la casa principal y sonrió. Había habido muchos cambios en el rancho, sobre todo gracias a Jacob y a su esposa, Terri. Ellos, junto con sus tres hijos, habían devuelto la vida a la finca.

Miró la pequeña piscina y los columpios que había ayudado a Jacob a instalar para los niños. Volvió a oír risas y no pudo evitar sentir envidia por lo que su hermano tenía. Sabía que Jake era feliz. Tenía una familia y el rancho que tanto amaba, y Nathan no lo culpaba por ello.

No obstante, le sorprendía que su hermano pequeño tuviese una esposa e hijos pequeños, pero lo cierto era que hacía años que se había convertido en un hombre familiar y en un ranchero.

A Nathan le encantaba aquel lugar, que siempre sería su casa, pero nunca había visto su vida allí como Jake. Desde que tenía memoria siempre había querido ser policía, mientras que su hermano deseaba trabajar en el rancho y con el ganado.

Ambos habían tenido lo que querían. Y Nathan pensaba que no importaba que él fuese el mayor. El rancho estaba en buenas manos, aunque no fuesen las suyas.

Y, dado que Terri volvía a estar embarazada, era evidente que el rancho iba a estar en manos de los Battle muchos años más. No sabía si su hermano sería consciente de ello.

Además de la envidia, tampoco pudo evitar preguntarse cómo sería su vida en esos momentos si Amanda hubiese tenido su hijo.

¿Habrían seguido juntos? ¿Habrían tenido más hijos? Intentó imaginárselo, pero no pudo.

En ese momento se abrió la puerta del rancho y la luz iluminó el porche. Nathan agradeció la distracción y vio a su hermano salir de la casa. Hablar con Jake lo ayudaría a dejar de pensar en Amanda. O eso esperaba. Porque no podía pensar en otra cosa…

En su sabor, su olor, la sensación de tener su cuerpo pegado al de él.

Jake se apoyó en uno de los postes de porche y le dijo:

–Llegas muy tarde.

–Tenía que hacer unas cosas –respondió Nathan vagamente, yendo hacia la casa principal.

Jake bajó los escalones con una cerveza en cada mano. Era tan alto como Nathan, pero menos corpulento, todo fibra. Llevaba el pelo demasiado largo, unos vaqueros desgastados y unas botas tan usadas como las de Nathan. Y se sentía mucho más cómodo que él consigo mismo y con su mundo.

Jake le tendió la cerveza sonriendo y Nathan la aceptó agradecido y le dio un buen trago. Luego, Jake echó a andar y él lo siguió hasta el columpio que había en el jardín.

Al parecer, Jake quería hablar y no quería hacerlo en casa.

No obstante, no lo haría hasta que se sintiese preparado, así que Nathan esperó y disfrutó de la tranquilidad que sentía tan lejos de Amanda.

Había pensado que se había olvidado de ella. De hecho, después de romper su relación se había dedicado a trabajar y a disfrutar de las mujeres que habían querido ir pasando por su vida. Así que había pensado que Amanda formaba parte del pasado.

Pero ya tenía claro que no había sido el caso. No obstante, cerró su mente a los recuerdos y se centró en el presente.

El área de juegos estaba iluminada por unas luces tenues y él la recorrió con la mirada. Jake y él habían tardado casi dos semanas en organizarlo todo, pero sabía que a sus sobrinos les encantaba jugar allí, así que había merecido la pena el esfuerzo. Entonces volvió a pensar que, si las cosas hubiesen salido de otro modo, su propio hijo podría estar disfrutándolo también.

Intentó apartar aquello de su mente y le dio otro trago a su cerveza.

Jake golpeó el columpio con una mano y preguntó:

–¿Y cómo está Amanda?

Nathan estuvo a punto de atragantarse. Cuando dejó de toser y pudo volver a respirar, miró a su hermano y le preguntó:

–¿Cómo sabes que he ido a verla?

Jake se encogió de hombros.

–Mona Greer estaba paseando a su minúsculo perro y te ha visto entrando en su apartamento, ha llamado a Sarah Danvers, Sarah se lo ha contado a su hija y Amelia ha llamado a Terri hace un rato.

–No me lo puedo creer –murmuró Nathan. Él no había visto a nadie cerca de la cafetería. Y Mona Greer tenía que haber intentado entrar en la CIA, porque todavía tenía vista de águila con ochenta años.

Jake se echó a reír.

–¿De verdad pensabas que podías entrar y salir de casa de Amanda sin que te viese nadie?

–La esperanza es lo último que se pierde –balbució él.

Jake se rio todavía más y Nathan se dijo que, en ocasiones, no había nada más molesto que un hermano pequeño.

–¿Y has salido solo a contármelo y a reírte de mí?

–Por supuesto –replicó su hermano–. No tengo la oportunidad de hacerlo todos los días.

–Me alegro de que te estés divirtiendo.

–¿Sí? Pues yo de lo que me alegro es de que Amanda haya vuelto. Y de ver que todavía te afecta.

–Gracias por tu apoyo –le dijo Nathan, dando un trago a su cerveza.

Se sentía irritado. Hacía tres años que era el sheriff y siempre había tenido el respeto y la admiración de los habitantes del pueblo, pero en esos momentos todos hablaban de él.

–¿Quieres apoyo? Vuelve al club y habla con Chance. O con Alex –le respondió Jake, chocando su cerveza con la de él–. De la familia solo vas a tener la verdad, lo quieras o no.

–Pues no lo quiero –dijo Nathan, volviendo a pensar en Amanda.

No tenía que haber ido a verla, pero no lo había podido evitar. Había necesitado hablar con ella. Aunque, en realidad, hablar no habían hablado mucho.

–Sé que no quieres oírlo, pero te lo voy a decir de todas maneras –continuó Jake–. Perdiste tu oportunidad con Amanda en su día.

Nathan se rio con desdén.

–No perdí nada, créeme.

Jake sacudió la cabeza.

–Sabes perfectamente lo que quiero decir. La dejaste escapar.

–De eso nada, Jake –replicó Nathan–. La decisión la tomó ella.

A Jake no le asustó verlo enfadado.

–De acuerdo, pero tú no intentaste hablar con ella.

–¿Para qué? –preguntó él, dando un par de pasos y notando que sus botas se hundían en la arena que, junto con su hermano, había colocado debajo del columpio.

Aquel era su lugar. El hogar en el que había crecido. El pueblo en el que se había hecho un hueco. Y no iba a permitir que el pasado acabase con todo lo que había construido.

Al llegar al final de la zona de juegos, Nathan se giró hacia su hermano. Jake parecía relajado... divertido. Lo maldijo.

Aunque, por otra parte, Jake tenía motivos

para sonreír. Tenía todo lo que siempre había querido. Estaba al frente del rancho. Se había casado con su novia del instituto y tenían tres hijos maravillosos y otro en camino. Todo le iba bien y Nathan se alegraba por él, pero, al mismo tiempo, esperaba que lo comprendiese.

–No voy a rogarle a una mujer que siga conmigo.

–¿Quién ha hablado de rogar? –replicó Jake–. Se lo podías haber pedido.

–No –dijo Nathan, sacudiendo la cabeza y apartando la vista–. No podía. Tenía… mis motivos.

Motivos de los que nunca hablaba. Que nunca le había mencionado a Jake a pesar de que era la persona con la que mejor se entendía del mundo. Aquellos motivos intentaron penetrar en su mente en esos momentos, pero él los apartó. Formaban parte del pasado y no quería volver a pensar en ellos.

–Escuchaste las habladurías y creíste los rumores en vez de hablar de ello con Amanda.

–¿Qué sabes tú de eso? –inquirió Nathan, volviendo a mirar a su hermano a los ojos.

Jake le dio un trago a su cerveza.

–Chance me contó lo que estaba pasando…

Levantó una mano para que su hermano no lo interrumpiera.

–Y no lo culpo por ello, ya que tú no te molestaste en hacerlo. Eres mi hermano, Nate. Podías haberme dicho algo.

Nathan sacudió la cabeza e intentó contener su ira.

–No quería hablar de ello entonces… ni tampoco ahora.

No le gustaba recordar aquellos días. Recordar cómo se había sentido cuando Chance le había contado lo que decía la gente. Por aquel entonces él había estado en la academia de policía en Houston y no había podido hablar con Amanda. Ni siquiera había tenido tiempo de hacer una llamada. Y cuando por fin había conseguido contactarla…

Sacudió la cabeza y cerró la puerta al pasado.

–Siempre has sido el más frío de la familia –comentó Jake suspirando.

Nathan se rio al oír aquello.

–Me temo que Terri no piensa lo mismo.

–Es probable –admitió Jake–. Nate, no sé lo que os ocurrió hace siete años… –empezó, volviendo a levantar una mano– y no te lo estoy preguntando. Solo te estoy diciendo que Amanda ha vuelto para quedarse y que vas a tener que encontrar el modo de superarlo. Vas a tener que tratar con ella. Tal vez podáis intentar hablar de lo que ocurrió para que lo vuestro se rompiese.

Nathan hizo una mueca, dio un trago a su cerveza y dejó que el frío líquido lo calmase.

–¿A qué viene esta charla? –preguntó.

–Sabes que tienes que hacer las paces con Amanda.

Nathan dio otro trago a la cerveza y pensó en lo que su hermano le acababa de decir.

Y entonces recordó el cuerpo de Amanda pegado al suyo. El calor de su beso. Su olor.

Su cuerpo reaccionó y él tuvo la sensación de que aquello iba a ocurrirle con cierta frecuencia.

–Jake –respondió–, tú no lo entiendes. Hace mucho tiempo que aprendí que, en lo relativo a Amanda, nunca va a haber paz.

Capítulo Cuatro

Una de las cosas que a Amanda siempre le habían gustado de vivir en Royal era el mercado que ponían todos los fines de semana en el parque.

Los rancheros y granjeros de todo el condado acudían a vender verduras, fruta y conservas. También había puestos de artesanía local que vendían desde joyas hasta cerámica y juguetes hechos a mano.

Eran las nueve de la mañana y ya hacía un sol de justicia.

Por la tarde, las únicas personas que no se habrían refugiado en alguna sala con aire acondicionado serían los niños, pero, por el momento, el parque estaba lleno. Los vendedores con más éxito eran los que tenían el puesto a la sombra de un roble.

Amanda tenía el día libre y estaba decidida a disfrutarlo, pero pronto se dio cuenta de que la fábrica de rumores de Royal estaba trabajando a pleno rendimiento.

Vio que la miraban y levantó la barbilla de manera desafiante. No tenía sentido esconderse. En vez de eso, haría como que no se daba cuenta de que la gente dejaba de murmurar cuando ella se acercaba y volvía a comenzar cuando se alejaba. Era evidente que alguien había visto a Nathan en su casa y que había hecho que se corriese la voz.

Se detuvo en un puesto de cerámica hecha a mano y tomó una jarra azul cielo.

La artesana, una mujer joven, con el pelo largo y rubio y unos brillantes ojos verdes, le sonrió.

—Hoy todas las piezas azules tienen una oferta especial.

—Es muy bonita. ¿Cuánto cuesta? —le preguntó ella.

—Solo treinta y cinco dólares.

—Pues me la llevo —le dijo Amanda, dejando la jarra para sacar el monedero.

Se dijo que podía haber intentado regatear un poco, pero la jarra era muy bonita y quería comprarla.

Metió la jarra en la bolsa de tela que llevaba en la mano y se dirigió al siguiente puesto.

—¡Hola, Amanda! —la saludó Piper Kindred sonriendo de oreja a oreja—. No hemos tenido oportunidad de hablar desde que has vuelto al pueblo.

—Ya lo sé. He estado tan ocupada... pero tenemos que quedar pronto.

Amanda conocía a Piper de toda la vida y, al verla, se dio cuenta de cuánto había echado de menos estar en Royal.

–He oído que Nathan y tú estáis volviendo a veros…

–Cómo no –dijo Amanda.

Nathan se había presentado en su casa un par de días antes y la había besado apasionadamente. Desde entonces, habían sido muchos los clientes que la habían estado observando en la cafetería, incluido él, que iba al menos una vez al día. Pedía un café, se sentaba a la barra y la observaba.

Poniéndola de los nervios.

–¿No me quieres contar nada? –bromeó Piper.

–No –le aseguró ella, decidiendo cambiar bruscamente de tema de conversación–. ¿Qué estás vendiendo?

–Tickets para la tómbola –le dijo Piper–. Están recaudando dinero para la guardería que van a abrir en el Club de Ganaderos de Texas.

Amanda sonrió.

–Beau Hacket debe de estar furioso.

–Por supuesto –le aseguró Piper. Luego suspiró–. Me hubiese gustado verlo con mis propios ojos.

Beau debía de ser uno de los hombres más machistas del mundo. Le gustaban las mujeres, siempre y cuando estuviesen en su lugar. Y Amanda nunca había comprendido que una mujer tan agradable como su esposa, Barbara, se hubiese casado con él.

–Yo también siento habérmelo perdido.

–Cada vez hay más mujeres que son miembros del club, ahora que Abby Price ha allanado el camino –dijo Piper–. Yo no lo soy, pero quería ayudar con la tómbola. ¿Cuántos tickets me vas a comprar?

Amanda sacudió la cabeza y se echó a reír.

–Dame cinco.

–Buena chica –le dijo Piper, dándole los tickets y esperando a que Amanda pusiese su nombre y su número de teléfono en el talonario–. La rifa es dentro de una semana. ¿Quién sabe? A lo mejor ganas el premio principal.

–¿Qué es?

–Un fin de semana en Dallas –comentó su amiga, encogiéndose de hombros–. Personalmente, preferiría una cena gratis en Claire's.

–Eh –contestó Amanda, fingiendo que se sentía insultada–. ¿Por qué no vienes a comer a la cafetería? Mañana tenemos tarta de limón con merengue.

–Tienes razón, iré a la hora de la comida. A lo mejor podemos charlar un rato mientras nos comemos la tarta y me cuentas la verdad de todas esas habladurías.

–Pues te vas a llevar una decepción, porque no hay nada que contar.

«Salvo el beso», pensó Amanda.

Se despidió de su amiga y todavía estaba sonriendo cuando olió a café recién hecho y a bollos de canela procedentes de un puesto cercano. Al parecer, Marge Fontenot había llevado sus bollitos de canela caseros para acompañar el café que preparaba su marido. A Amanda le rugió el estómago y se dirigió en aquella dirección.

–¿De compras?

Amanda se detuvo y vio a Alex Santiago, que se acercaba a ella.

–Sí –respondió–. He echado de menos este tipo de mercado en la gran ciudad.

Alex miró a su alrededor.

–Admito que a mí también me gusta. La semana pasada me compré este par de botas…

Amanda bajó la vista a las botas y asintió con aprobación.

–Muy bonitas.

–Gracias. Y hoy he comprado lo que me han dicho que es la mejor mermelada de arándanos del mundo –le dijo él, sacando un frasco de una bolsa de papel.

Ella se echó a reír.

–Si se la has comprado a Kaye Cannarozzi, te garantizo que lo es. Todos los años gana premios con esa mermelada en la feria estatal.

–Me alegra saberlo –respondió Alex, guardando de nuevo la mermelada–. La verdad es que aquí encuentra uno de todo.

Amanda lo observó. Era moreno y muy guapo, era agradable, divertido y, a excepción de tener mal gusto para los amigos, porque era amigo de Nathan, podría decirse que era el hombre perfecto. Era una pena que entre ellos solo pudiese haber una amistad.

–Umm –dijo Alex–. Tengo curiosidad por saber por qué estás frunciendo el ceño.

Ella se obligó a sonreír.

–Por nada –le contestó–. Iba a ir a tomarme un café. ¿Me acompañas?

–Sí, me vendría bien un café –admitió él, echando a andar a su lado–. Estoy deseando que llegue el Cuatro de Julio, me han contado que se celebra por todo lo alto.

–Sí, es estupendo –le contó Amanda–. Casi todo el pueblo pasa el día aquí reunido. Hay concursos, juegos y unos fuegos artificiales increíbles. La verdad es que montamos un Cuatro de Julio magnífico.

–Parece que lo has echado de menos.

–Lo cierto es que sí –dijo ella, mirando a su alrededor.

Royal era su hogar. No había otro sitio igual y ella nunca había sido feliz en otro lugar.

–Cuando no estaba aquí me decía a mí misma que estaba bien, que la vida en la ciudad era mejor, pero ahora que he vuelto es como si jamás me hubiese marchado.

–Uno no siempre puede ir a casa cuando quiere –comentó Alex–. Así que me alegro de que la vuelta te esté resultando tan fácil.

Amanda lo miró y se dio cuenta de que tenía el ceño fruncido. No lo conocía bien, pero tenía la sensación de que algo lo preocupaba. Antes de que le diese tiempo a preguntarle, él volvió a hablar:

–Y me alegro de que los rumores no te hayan disgustado.

Ella suspiró. Eran las desventajas de vivir en un lugar pequeño. Esa mañana varias personas le habían preguntado, le habían guiñado el ojo y le habían sonreído con malicia. Todo el mundo hablaría de Nathan y de ella hasta que surgiese alguna otra cosa.

–¿Tú también los has oído?

Él sonrió.

–Habría que estar en la luna para no haberlos oído.

–¿Me lleva alguien?

–Me temo que no –le dijo él–. Aunque una mujer bella no debería permitir que las habladurías la preocupasen.

Amanda dejó de andar, inclinó la cabeza y lo miró.

–Eres perfecto, ¿verdad?

Él hizo una mueca.

–Intento pensar que sí, pero seguro que hay muchas personas que no están de acuerdo.

–Pues no lo entiendo.

–Gracias. Con respecto a los rumores, pronto hablarán de otra cosa.

–Eso espero –dijo ella, mirando a su alrededor.

Conocía a casi todo el mundo de toda la vida. También había forasteros que habían ido a pasar el día al mercado, pero a Amanda le sonaban la mayoría de las caras. Ese debía de ser el motivo por el que todo el mundo se sentía con derecho a hablar de ella.

Sabía que en esos momentos la estaban observando y se estaban preguntando por qué hablaba con Alex cuando era evidente que había vuelto con Nathan. No pudo evitar que se le encogiese un poco el corazón.

–Me encanta Royal, pero la vida aquí no siempre es fácil.

–No lo es en ningún lugar –le aseguró Alex, poniendo expresión pensativa otra vez.

Amanda se dijo entonces que Alex Santiago llevaba poco tiempo en el pueblo, y se preguntó si alguien lo conocería de verdad. Lo agarró del brazo y le preguntó:

–¿Va todo bien?

Él sonrió inmediatamente.

–Tienes un gran corazón, Amanda, pero no hace falta que te preocupes. Estoy bien.

–¿Interrumpo algo?

Amanda levantó la vista y vio a Nathan a poca distancia de allí. La luz del sol hacía brillar la placa de sheriff que llevaba prendida de la solapa. Llevaba puestas sus botas favoritas y una camisa de uniforme metida por los pantalones vaqueros negros. La pistola que colgaba de su cadera hacía que pareciese todavía más impresionante de lo habitual. Tenía la mirada clavada en ella, pero también miró un instante a Alex.

Amanda sintió calor y deseó abanicarse,

pero supo que no conseguiría nada, así que, en vez de eso, decidió fingir indiferencia.

–Si te contestase que sí, ¿te marcharías? –le preguntó.

Él la fulminó con la mirada.

–No hasta que no me contéis de qué estáis hablando.

Alex sonrió a su amigo.

–Estábamos hablando de los pueblos pequeños y de las habladurías.

Nathan frunció el ceño y asintió.

–Entre otras cosas –añadió Amanda.

Nathan volvió a mirarla, estaba tenso. Los rumores no le hacían ninguna gracia, parecía incluso enfadado.

–¿Qué querías, Nathan? –le preguntó ella.

–Café, uno de los bollos de canela de Margie y hablar contigo. No necesariamente en ese orden.

Ella se dio cuenta de que no iba a fingir que eran amigos, pero sí que el beso que habían compartido nunca había tenido lugar.

–Estoy ocupada –le contestó–. Alex y yo estamos de compras.

Amanda tenía que haberse imaginado que los dos hombres iban a unir fuerzas, porque Alex comentó:

–Lo cierto es que yo tengo que hacer unos recados. Gracias por tu compañía, Amanda.

Luego miró a Nathan.

–Hasta luego –añadió.

–No hace falta que te marches –le dijo ella rápidamente.

–Sí que hace falta –la contradijo Nathan.

Alex se echó a reír.

–Qué graciosos sois los dos. Me marcho.

A su alrededor, la gente charlaba animadamente, aunque Amanda supo que, en esos momentos, Nathan y ella eran el centro de la atención.

No obstante, Alex tenía razón, antes o después encontrarían otro tema del que hablar. Hasta entonces, lo mejor sería no hacerles caso. Así que echó a andar en dirección al puesto de café y no le sorprendió que Nathan se pusiese a su lado.

–Mona Greer me vio en tu casa hace un par de noches –le contó él en voz baja.

–Eso explica muchas cosas –comentó ella en tono seco.

–Esa mujer podía haber sido espía.

–A lo mejor lo fue y ahora está jubilada.

Nathan se echó a reír.

–No me imagino a Mona en la CIA.

Amanda se rio también y Nathan la miró a los ojos, parecía confundido.

–¿No te molesta que hablen de ti? –le preguntó él.

–Un poco –admitió ella–. Bueno, mucho, pero no puedo impedirlo, así que no tiene sentido que me vuelva loca.

–Una actitud muy sana.

Llegaron al puesto del café y Nathan añadió en un susurro:

—Sigo pensando que deberíamos poner una serie de normas, Amanda.

—¿Como que vengas a la cafetería a vigilarme todos los días?

Nathan frunció el ceño.

—¿O te estás refiriendo al beso que me diste?

A Amanda le gustó ver que aquello lo enfadaba.

—Acordamos que ya no había nada entre nosotros y que… —dijo él.

A Amanda no le hizo falta hablar. Se limitó a mirarlo y sonrió. ¿Que no había nada entre ellos? ¿Acaso aquel beso no les había demostrado a ambos la química que seguían teniendo?

Nathan frunció el ceño y añadió:

—Eso no cuenta.

—Para mí, sí.

De hecho, después del beso, Amanda casi no había podido dormir y no había podido evitar pensar en Nathan y en cómo habían sido las cosas entre ambos en el pasado. Aquel beso la había revuelto por dentro y había hecho que los últimos días fuesen muy incómodos. ¿Cómo era posible que Nathan quisiese fingir que no había ocurrido?

***

Nathan la miró y vio que sus ojos verdes se entrecerraban. Estaba enfadada y eso le gustaba. Era mejor verla enfadada que divertida. O resignada. Lo único que le molestaba era que se pusiese tan guapa cuando se enfadaba con él.

Llevaba el pelo castaño claro recogido en una coleta alta y unos pendientes de aro dorados tan grandes que casi le llegaban a los cremosos hombros. Vestía una camiseta de tirantes azul marino y pantalones cortos blancos que dejaban al descubierto sus largas y bronceadas piernas. Como llevaba sandalias, Nathan vio que todavía tenía el anillo de oro que él le había regalado en uno de los dedos del pie izquierdo.

La brisa hizo bailar su coleta y Nathan tuvo que hacer un esfuerzo enorme para no tocarle el pelo. Se maldijo, por mucho que lo hubiese intentado, no había conseguido olvidarse de ella.

Y su conversación con Jake no lo había ayudado lo más mínimo.

No obstante, en esa ocasión tenía un plan para luchar contra todo lo que sentía por ella. Se le había ocurrido esa mañana, en la ducha, fría. Lo que necesitaba era volver a acostarse con ella.

A lo largo de los años, Nathan se había convencido a sí mismo de que lo que le ocurría era que había idealizado su relación. Por eso no había podido encontrar a otra mujer comparable a ella.

Lo que necesitaba era un poco de realidad. Y el sexo era la clave. Se acostaría con ella y así conseguiría sacársela de la cabeza de una vez por todas.

Era lo único que podía hacer si quería recuperar la cordura.

La haría suya y, después, la dejaría marchar. La tensión que había entre ambos se terminaría por fin.

Sonrió.

—¿Qué pasa? —le preguntó Amanda.

—¿Qué quieres decir?

—Estás sonriendo.

—¿Y te parece mal? —dijo él riendo.

—No, me parece sospechoso —admitió ella.

Alguien rio detrás de ellos y Nathan frunció el ceño. ¿Cómo iba a seducirla si había medio pueblo observándolos?

—Entonces, cuando yo me enfado, te enfadas tú también, y, cuando no me enfado, te preocupas.

Amanda se quedó pensativa.

—Más o menos.

Por un segundo, Nathan disfrutó viéndola tan confundida y rio también.

—No hay nadie como tú, ¿verdad?

—Probablemente no —admitió ella.

Nathan pensó que podía volverlo loco. Siempre le habían gustado las mujeres altas.

En realidad, se había sentido atraído por ella desde el instituto a pesar de que se llevaban varios años y que sus amigos le habían dado mucho la lata al respecto.

Después, años más tarde, esos mismos amigos le habían hablado de los rumores que habían terminado por separarlos.

–Entonces, dime, Nathan –comentó ella, sacándolo de sus pensamientos–. ¿Te interesa mi hermana?

–¿Qué? ¿De dónde has sacado eso?

Ella se encogió de hombros.

–He visto cómo te mira.

Nathan lo pensó un instante. No se había dado cuenta de que Pam lo mirase. Era cierto que había salido un par de veces con ella, un año antes, más o menos, pero no había funcionado y habían decidido ser amigos. O eso había pensado él.

–Salimos un par de veces, pero…

Amanda abrió mucho los ojos.

–No puedo creer que salieses con mi hermana –lo interrumpió.

El hombre que tenían detrás en la fila del café silbó y Nathan lo miró mal.

–Fue solo un par de veces. A cenar –le contó él–. Al cine.

–Es mi hermana. ¿Qué te parecería que yo saliese con Jake?

–Creo que a su mujer le sentaría todavía peor que a mí.

–Ya sabes a qué me refiero.

–Sí, pero lo nuestro se terminó. ¿Recuerdas? –le dijo Nathan en un susurro, avanzando en la fila–. Además, Pam estaba aquí y…

–Así que ella estaba aquí –replicó Amanda, volviendo a interrumpirlo.

Nathan apretó los dientes con frustración.

–En ese caso, lo comprendo, se trataba de una cuestión de proximidad –continuó ella.

El hombre que había silbado se echó a reír y cuando Nathan lo fulminó con la mirada se limitó a encogerse de hombros. A la hora de la cena, todo el pueblo estaría al corriente de aquella conversación. Y, no obstante, Nathan no pudo evitar decir:

–Al menos, Pam nunca me mintió.

–¿Mentirte? –replicó Amanda furiosa–. Yo jamás te mentí. Fuiste tú el que…

–Ya basta –murmuró Nathan, agarrándola del brazo.

No iba a tener aquella conversación rodeado de personas que los observaban e intentaban oírlos.

La sacó de la fila y la llevó hacia un lugar en el que no había nadie. No obstante, ella intentó zafarse, pero no lo consiguió.

–¡Suéltame! –le espetó, intentando darle una patada.

–Enseguida.

–Quiero mi café. Y no quiero ir a ninguna parte contigo.

—Pues lo siento —respondió él sin dejar de andar.

Cuando por fin llegaron bajo la sombra de un árbol, la soltó.

—No sé quién te crees que eres, pero... —le dijo Amanda, furiosa.

—Sabes muy bien quién soy —le dijo él en voz baja—. Y quiero que sepas que estás montando una escena delante de todo el pueblo.

—Bien —declaró ella, levantando la barbilla—. Quieres hablar, pues vamos a hablar. Yo nunca te mentí, Nathan.

—¿Y se supone que debo creerte?

—Por supuesto. ¿Cuándo te he dado yo un motivo para que no confíes en mí?

Tenía razón, pero él no quería admitirlo. Lo único que recordaba era unos rumores que Amanda no había conseguido desmentir y las miradas solidarias de sus amigos. Los rumores habían hablado de una historia completamente distinta a la que Amanda le había contado. Y las dudas lo habían carcomido por dentro hasta que se había enfrentado a ella y, en una sola noche, lo habían perdido todo.

—¿Qué querías que pensase? —le preguntó—. Mis mejores amigos me contaron aquello. ¿Cómo no iba a creerlos?

Amanda sacudió la cabeza, más dolida y enfadada todavía.

—Porque se suponía que me querías. Tenías que haberme creído a mí.

Él sintió vergüenza, pero solo un instante. Había hecho lo que había pensado que era lo correcto. Se había enterado de que Amanda había perdido el bebé en Dallas, estando él en la academia de policía, y no había podido hablar con ella. No había podido llamarla. Ni averiguar la verdad.

–De eso hace mucho tiempo, Amanda.

–¿Sí? Pues en estos momentos no tengo esa sensación.

Él tampoco. La miró a los ojos y le pidió:

–Pues cuéntame la verdad ahora.

Amanda suspiró.

–No tendría que hacer falta, Nathan. Me conoces. Me conocías entonces. Tenías que haberme creído. Perdí el bebé.

–¿Y quién demonios quiso hacerme creer que te habías deshecho de él a propósito?

Capítulo Cinco

–No lo sé –admitió Amanda, sacudiendo la cabeza.

Todavía no podía creer que alguien hubiese extendido aquel rumor.

Y tampoco podía creer que Nathan se lo hubiese creído.

De repente, Amanda volvió a la fatídica noche en la que todo se había terminado. Hacía dos semanas que se habían prometido porque Nathan había insistido en que se casasen en cuanto había sabido que ella estaba embarazada.

–La boda se cancela, Nathan –le había dicho ella.

–¿Así, sin más?

–El único motivo por el que ibas a casarte conmigo era porque estaba embarazada, ¿no es así?

Amanda había deseado que él le contestase que no era verdad, pero no lo había hecho.

Y ella no podía casarse con un hombre que no la quería, por mucho que lo amase.

–¿Qué pasa? ¿Que ya no me necesitas? ¿Vas a intentar encontrar a alguien más rico?

–¿Cómo puedes decir eso?

–Pues no he terminado. Tú me dijiste que habías perdido el bebé, pero yo he oído otra historia.

–No sé a qué te refieres.

–Me refiero a que en realidad no querías casarte conmigo y por eso te has deshecho del bebé –le había contestado él.

–¿Qué? –le había preguntado ella, horrorizada.

–Creías que no me iba a enterar, ¿verdad?

–No es cierto. Perdí al bebé. Tuve un aborto. Te lo conté.

–Sí, eso fue lo que me contaste, pero otras personas me han contado otras cosas.

–¿Y tú los crees? ¿Piensas que soy capaz de hacer algo así?

Él la había mirado con expresión dura, distante.

–¿Por qué iba a decirlo la gente si no fuese verdad?

–No lo sé.

–Yo tampoco sé qué creer.

–Deberías confiar en mí –le había dicho Amanda, consciente de que no lo hacía.

–Sí –había contestado él en tono frío.

De repente, se había convertido en un extraño y Amanda había sabido que no podría llegar a él.

Lo habían perdido todo en un instante.

Él se había dado la vuelta y había ido hacia

la puerta. Allí, se había detenido unos instantes a mirarla.

–En una cosa tienes razón. No va a haber boda. Solo iba a casarme contigo por el bebé, así que ya no tiene sentido.

Aquellas palabras habían dolido tanto a Amanda que, después de que Nathan se marchase, se había hecho un ovillo en el sofá y se había quedado dormida llorando.

Sacudió la cabeza para intentar sacar aquellos recuerdos de su mente y lo miró.

–Te marchaste, Nathan –le recordó en voz baja.

–Sí –admitió él–, pero fuiste tú quien terminó con nuestra relación. Hasta me devolviste el anillo.

–Tú me dijiste que no íbamos a casarnos.

–Es verdad. Ya no estabas embarazada, y me habías devuelto el anillo…

–No querías hablar conmigo.

–No me diste ni una sola oportunidad de decirte nada y, aunque lo hubieses hecho, ¿qué iba a decirte? ¿Qué hubieses querido que te dijese?

–Que me creías –le dijo ella.

Aquello era lo que más le había dolido.

¿Cómo lo iba a olvidar?

Nathan se pasó ambas manos por la cara. Los recuerdos hacían que casi no pudiese respirar. Los rumores lo habían vuelto loco y no había podido hablar con ella. Al principio, porque Amanda estaba en el hospital y después, porque él había estado encerrado en la academia.

Ni siquiera había podido hablar con ella. No había podido mirarla a los ojos e intentar ver la verdad. La decepción y la ira lo habían cegado.

Y eso que se enorgullecía de su capacidad para controlarse. Tenía sus propias normas de conducta. Y las había violado todas aquella noche. El deber. El honor. Ambos habían salido por la ventana cuando la ira había cegado su sentido común.

Espiró y miró hacia el cielo durante unos segundos antes de volver a mirar a Amanda a los ojos. Todavía tenía dudas, pero, estando con ella y mirándola a los ojos, nublados de dolor, se dio cuenta de la verdad que durante tanto tiempo se le había escapado.

–Te creo.

Nada más decirlo, se dio cuenta de que era verdad. Por aquel entonces había sido joven y estúpido. Había querido que Amanda se lanzase a sus brazos, que llorase a su hijo perdido para que él se diese cuenta de que no había sido un aborto provocado.

En su lugar, ella le había devuelto el anillo y le había dicho, más o menos, que siguiese con su vida.

Y eso le había hecho daño y había decidido hacerla sufrir también.

Vio sus ojos verdes empañados en lágrimas, y que parpadeaba para contenerlas. La vio respirar hondo.

–Gracias –le dijo ella–. Más vale tarde que nunca.

–Supongo que sí –comentó él, teniendo la sensación de que aquella conversación no estaba zanjada.

–Ahora, tengo que irme.

–Maldita sea, Amanda, no te marches.

–¿De qué más quieres que hablemos, Nathan? Lo nuestro se terminó y lo único que vamos a conseguir estando aquí juntos es avivar todavía más los rumores.

Tenía razón.

No obstante, él había ido al mercado esa mañana sabiendo que encontrarse con ella solo empeoraría las cosas. Pero aquel había sido su plan: hablar con ella, acostarse con ella, y seguir con su vida. Y era un buen plan con el que pretendía continuar.

No había pretendido hablar de aquella noche. Y no había querido enfadarla, por muy guapa que se pusiese. Ni había querido ponerla triste.

Lo que había querido era ponerla caliente, pero no podría hacerlo hasta que no terminasen aquella guerra.

–Esta noche la tienes libre, ¿verdad?

–¿Qué? –preguntó Amanda sorprendida.

Él la agarró del brazo y la puso al otro lado del árbol para que nadie los viese.

–Déjame, Nathan.

Él la soltó, pero siguió sintiendo el calor de su piel. Aquello lo convenció de que tenía razón. Tenía que volver a acostarse con ella para poder olvidarla del todo.

–Necesitamos tiempo, Amanda –le dijo, mirándola a los ojos–. Tiempo para hablar, para encontrar la manera de vivir los dos en este pueblo.

Ella estaba sacudiendo la cabeza.

–Sal conmigo esta noche –continuó Nathan–. Iremos a cenar, hablaremos…

–No sé…

La expresión de Amanda era de confusión.

–¿No te dará miedo estar a solas conmigo?

Aquello funcionó.

Amanda levantó la cabeza.

–¿Miedo? Por favor.

Él sonrió.

–En ese caso, decidido.

–De acuerdo. ¿Dónde quieres que quedemos?

–Pasaré a recogerte sobre las siete.

Amanda se rio con cierto nerviosismo.

–Es sábado y habrá mucha gente en el pueblo. ¿No te importa que nos vean juntos?

–Ya nos han visto. Además, no pienso esconderme.

–Tienes razón.

–En ese caso, hasta las siete.

En la cafetería, Pam se apoyó en la barra y la golpeó con las uñas.

–Llevan todo el día hablando de ellos.

–No los escuches.

–¿Cómo no voy a hacerlo?

Sacudió la cabeza y miró a su alrededor. Peggy, la otra camarera, se estaba riendo con unos clientes y detrás, en la cocina, los cocineros charlaban mientras trabajaban. Había mucha gente y eso era bueno, pero el hecho de que Amanda tuviese algo que ver en ello no le gustaba.

–Lleva aquí un par de semanas y quiere mandar en todo.

Miró al hombre que tenía enfrente. J.T. McKenna había sido su amigo desde el colegio. Tenía su propio rancho a las afueras de la ciudad, con un pequeño rebaño de ganado y caballos.

Era alto, delgado y, según las amigas de Pam, muy guapo, pero ella nunca se había fijado porque siempre habían sido amigos.

–Pam, fuiste tú la que le pediste que volviese a casa.

Ella suspiró. Era difícil de admitir, pero cierto. No había podido llevar la cafetería sola. No obstante, le costaba aceptar la ayuda de su hermana. Siempre había sido la preferida de sus padres. Más alta que ella, más lista, más guapa...

No era que no le cayese bien, pero ¿por qué tenía que ser tan perfecta?

–Te estás sulfurando por nada, Pam –le dijo J.T..

Pam suspiró.

–Tienes razón, pero...

–No hay peros que valgan –replicó él sonriendo–. Estás tan obsesionada con Amanda y Nathan que no ves nada más a tu alrededor.

–¿Como qué?

J.T. suspiró.

–Como que no tengo café.

–Ah, cierto.

Se giró para tomar la cafetera y se dijo a sí misma que tenía que calmarse. No obstante, no podía hacerlo con todo el mundo hablando de Nathan y de Amanda otra vez.

Se le encogió el corazón al pensar en Nathan. Queriendo o sin querer, su hermana había conseguido al hombre que ella siempre había deseado.

En ausencia de Amanda, Pam había hecho todo lo posible por captar su atención, pero no lo había conseguido. Habían salido juntos en un par de ocasiones, pero no había surgido nada.

–Según Dora Plant, Nathan y Amanda estaban discutiendo hoy en el parque.

–Lo estás haciendo otra vez –la reprendió su amigo–. Quieres quitarle a Nathan a tu hermana, pero no vas a llegar a ninguna parte. Será mejor que tengas cuidado, Pam.

–¿Qué?

–Amanda y tú sois familia. Y siempre lo seréis.

–Eso ya lo sé…

–Tal vez lo sepas –la interrumpió J.T.–, pero tengo la sensación de que tiendes a olvidar las cosas en las que no quieres pensar. Y creo que deberías abrir los ojos, Pam. A Nathan no le interesas en ese aspecto y es probable que nunca lo hagas.

Pam se ruborizó, no pudo evitarlo. Hacía tanto tiempo que le gustaba Nathan que se había acostumbrado a ello. Y no había soportado saber que estaba con su hermana. Después, había recuperado la esperanza tras su ruptura y no la había perdido a pesar de que en las pocas citas que había tenido con él no había surgido nada.

–No sabes cómo me siento, J.T..

Él se echó a reír, sacudió la cabeza y sacó dinero de la cartera. Lo dejó encima de la barra y dijo:

–Te sorprendería lo mucho que te entiendo, Pam.

Ella lo vio marchar y luego se giró hacia sus clientes, todavía preguntándose qué habría querido decir.

***

Varias horas más tarde, Amanda estaba delante del espejo, preguntándose cómo era posible que Nathan la hubiese convencido de aquello. Ni siquiera sabía por qué le seguía el juego con… ¿qué era aquello? ¿Una cita? Se le encogió el estómago solo de pensarlo.

–No es una cita –dijo en voz alta–. Aunque tenga la sensación de que lo es, no lo es. Dios santo, hace tanto que no tengo una cita…

No se atrevió a decir en voz alta que llevaba tres años sin salir con nadie, era demasiado humillante.

Normal que estuviese nerviosa.

Oyó la música procedente de la radio del salón y se sonrió a sí misma en el espejo. El resultado fue más bien una mueca, pero era lo que había.

No tenía ni idea de adónde la iba a llevar Nathan, así que se había cambiado tres veces de ropa y al final se había decidido por una falda azul claro justo por encima de las rodillas, una blusa blanca de manga corta y unas sandalias de tacón que casi la pondrían a la altura de los ojos de Nathan.

Volvió a notar que se le encogía el estómago.

«No es una cita, no es una cita, no es una cita…».

Se lo repitió una y otra vez, pero no terminó de convencerse.

Había estado en vilo desde que había vuelto a Royal. Las dos primeras semanas, esperando a volver a verlo. Luego, en su primer encuentro en la cafetería, se había mostrado tan frío y distante… Para después aparecer en su casa y besarla hasta hacerle perder el sentido.

No era de extrañar que se sintiese como si estuviese en el centro de un torbellino.

Estaba desorientada y lo único que sabía era que no quería que volviese a romperle el corazón. Lo que quería era encontrar a un hombre agradable y formar una familia, tener hijos y el amor que hacía tanto tiempo que había perdido.

Entonces, ¿por qué se estaba prestando a aquello? Porque todavía no era inmune a Nathan y tal vez pudiese empezar a conseguirlo si pasaba una única noche con él.

Oyó que llamaban a la puerta y se llevó una mano al estómago para intentar calmar los nervios y se dijo que tenía que olvidarse de Nathan. Fue hasta la puerta, la abrió y los nervios se vieron reemplazados por algo mucho más… básico. Y mucho más peligroso.

Nathan iba vestido con vaqueros negros, una camisa de manga larga roja y aquellas botas que parecían formar parte de él. La miró de arriba abajo y sonrió con apreciación.

–Estás estupenda.

Ella sintió calor, pero intentó no pensar en ello.

–Gracias –respondió, tomando su bolso y pensando que Nathan olía muy bien–. Estoy lista.

Él sonrió y se giró hacia las escaleras.

–Siempre me gustó eso de ti, Amanda. Nunca te anduviste con esas tonterías de hacer esperar.

La agarró de la mano y la llevó escaleras abajo, hasta su coche, un enorme todoterreno negro que había aparcado en la calle.

El sábado por la noche solían salir todas las parejas de Royal, jóvenes y mayores. Muchos rancheros llevaban a sus familias a cenar al pueblo. Todavía había personas comprando en la calle principal, otras paseando. Y Amanda estaba segura de que la mayoría los estaban observando.

Si Nathan había querido pasar a recogerla un sábado por la noche era porque las habladurías no le importaban lo más mínimo.

A su izquierda, las ventanas de la cafetería estaban iluminadas y Amanda sabía que también los estaban mirando desde allí.

Como si Nathan supiese lo que estaba pensando, le apretó la mano un instante y le guiñó el ojo. A ella se le encogió el corazón y casi volvió a sentirse como si volviesen a ser un equipo. La idea hizo que se tambalease.

Por suerte, enseguida se recuperó porque una señora mayor los detuvo en la acera.

–¿Qué hacéis en esta noche de verano tan agradable? –les preguntó Hannah Poole.

Tenía unos setenta y cinco años y los ojos brillantes, y era una de las personas más cotillas de Royal.

–Hola, señora Hannah –la saludó Amanda–. Me alegro de verla.

–Seguro que sí –respondió ella, bajando la vista a sus manos unidas–. Seguro que vais a alguna parte, ¿verdad?

–Sí, señora –respondió Nathan, soltando la mano de Amanda para agarrarla por la cintura–. Y, si no nos damos prisa, llegaremos tarde.

–En ese caso, no quiero entreteneros –dijo la mujer pensativa–. Yo también tengo que marcharme a casa. Divertíos. Me alegro de volver a veros juntos.

–Ah, no… –empezó Amanda.

–Gracias, señora Hannah –la interrumpió Nathan–. Buenas noches.

Luego ayudó a Amanda a subirse al coche y se sentó detrás del volante.

–Por supuesto que tiene que irse a casa –comentó Amanda–. A llamar a todo el mundo por teléfono y contar que nos ha visto juntos esta noche.

–Sí.

Amanda se giró a mirar a Nathan.

–¿Y no te importa?

–Sí.

83

Nathan arrancó el motor y empezó a conducir.

–¿Solo «sí»? –le preguntó Amanda, mirándolo a los ojos.

Unos años antes, Nathan se habría puesto furioso con aquello. Aquel Nathan era un extraño. Era misterioso, intrigante.

–¿Quién eres y qué has hecho con Nathan?

Él hizo una mueca.

–¿Qué quieres que haga? ¿Que mate a la señora Hannah? ¿Que la encierre en una celda para que no llame a nadie? –dijo, sacudiendo la cabeza y girando a la izquierda–. No. No vamos a poder evitar que hablen.

–¿Te has hecho un trasplante de temperamento?

Él se giró a mirarla y sonrió.

–No, pero no es mala idea.

Amanda se sintió cautivada. ¿Cómo no iba a estarlo? Aquel no solo era Nathan, el hombre del que había estado enamorada desde que era una niña, sino que era… diferente. Estaba más relajado. Era más… accesible.

Y eso podía ser peligroso, pero en esos momentos le daba igual.

–¿Adónde vamos?

–¿Todavía te gustan las sorpresas? –le preguntó Nathan.

–Sí…

–En ese caso, relájate. Llegaremos en un minuto.

Eso limitaba las posibilidades. Y el restaurante Claire's estaba en dirección opuesta. Unos minutos después, Nathan aparcó en un estacionamiento que Amanda reconoció.

–¿El Club de Ganaderos de Texas? –preguntó.

–¿Algún problema?

–No.

Amanda miró el edificio, que había estado allí desde mucho antes de que ella naciera. Lo habían construido a principios del siglo XX y era muy grande, de una sola planta, de piedra oscura y madera, y tejado de pizarra.

Había estado allí un par de veces antes, trabajando de camarera cuando su padre había encargado del catering de alguna reunión. Sabía que los techos eran altos, los muebles y el suelo oscuros y de estilo antiguo, y que el ambiente estaba cargado de testosterona. Habían empezado a admitir a mujeres, pero no había sido fácil.

–Es que nunca… –empezó–. Me ha sorprendido, eso es todo.

–¿Por qué? –le preguntó Nathan, apagando el motor–. El comedor hace años que está abierto a las mujeres.

–Cierto, pero nunca me habías traído.

–Sí, hay muchas cosas que no hice que tal vez debiese haber hecho.

Amanda no supo qué responder a aquello. ¿También tendría remordimientos por cómo habían terminado las cosas entre ellos? A Nathan se le daba muy bien ocultar sus sentimientos, así que era posible que Amanda no lo averiguase jamás.

–Tal vez yo también –comentó, y se alegró de verlo sonreír.

–Por el momento, digamos que soy un hombre distinto –declaró él antes de salir del coche y dar la vuelta para abrirle la puerta.

Y Amanda no pudo evitar desear que no hubiese cambiado demasiado.

Durante la cena, Amanda se dio cuenta de que se le había olvidado lo encantador que podía ser Nathan. Con la mirada clavada en la de ella, guió la conversación hacia tiempos más felices. Hasta la época anterior a su ruptura.

A su alrededor los ruidos eran casi inaudibles y los camareros, muy discretos. Las paredes forradas de madera oscura, la iluminación suave y las velas en las mesas proporcionaban un ambiente romántico que Amanda no sabía cómo interpretar. Aquello era algo que no se había esperado, pero que Nathan quería darle. ¿Por qué?

¿Y por qué no disfrutar de ello mientras durase?

Hablaron de los viejos tiempos, pero sin mencionar los malos momentos. Se contaron lo que habían estado haciendo durante los últimos siete años y poco a poco empezaron a construir… ¿el qué? ¿Una amistad? No. Aquella palabra no hacía justicia a la conexión que había entre ambos, lo quisieran reconocer o no.

Por supuesto, como seguían estando en el pueblo, la cena no fue del todo privada. Varias personas se detuvieron ante su mesa a saludarlos y Amanda vio cómo Nathan se convertía en lo que en realidad era: el sheriff. Un hombre que infundía respeto y confianza a todo el mundo, que respondía a las preguntas con paciencia y que prometió a varias personas que intentaría resolver sus problemas. Amanda se dio cuenta de que ya no era el hombre joven y arrogante del pasado.

Y no era el único que había cambiado. El tiempo los había transformado a ambos. Ya no eran los mismos que siete años antes. Y, tal vez, si tuviesen que enfrentarse a la misma situación, reaccionarían de manera diferente.

Aunque eso no iba a cambiar nada, Amanda se preguntó cómo habrían sido las cosas si hubiesen confiado más el uno en el otro. Si hubiesen hablado, en vez de dejarse llevar por el dolor del momento.

Cuando terminaron de cenar, Amanda estudió el elegante comedor, lleno de miembros del club y sus invitados. Sin duda, todos contarían que la habían visto con Nathan, pero, en esos momentos, no le importaba.

Mientras se tomaba una taza de café, Amanda dijo:

–Gracias. Por… haberme traído aquí. Lo he pasado muy bien.

–Me alegro –respondió él, sacando el dinero para pagar la cena y levantando su taza de café para brindar–. Yo también lo he pasado bien, pero la noche todavía no ha terminado.

–¿No? ¿Y qué podría poner la guinda a esta cena tan estupenda?

–El postre.

Amanda se echó a reír.

–Nathan, ambos hemos decidido pasar del postre, ¿recuerdas?

–No vas a pasar del que tengo en mente –le aseguró él.

Amanda lo miró a los ojos y vio deseo en ellos. Y sintió un cosquilleo en el estómago e incluso más abajo.

Supo que debía decirle a Nathan que la llevase a casa. Inmediatamente.

Pero también supo que no iba a hacerlo.

Hacía siete años que no estaba a solas con Nathan. Siete años desde que no había sentido semejante atracción. Siete años desde que había clavado la vista en aquellos ojos marrones y había visto lo que veía en esos momentos.

No. Ocurriese lo que ocurriese, no iba a marcharse. Todavía no.

–Vaya, ahora sí que estoy intrigada –consiguió decir.

–En ese caso, vamos –le dijo él, levantándose y tendiéndole una mano.

Ella dudó solo un instante antes de darle la mano y permitir que la ayudase a ponerse en pie. Sus miradas se encontraron y, en la tranquila elegancia de la habitación, fue como si estuviesen rodeados de explosiones que solo ellos dos podían sentir. Si alguien los miró con interés, Amanda no se dio cuenta.

Nathan la guió hasta la calle, donde hacía una noche húmeda, y Amanda supo que no querría estar en ningún otro lugar que no fuera al que iban a dirigirse después.

Capítulo Seis

Mientras atravesaban el pueblo e iban hacia el rancho, Amanda estudió el perfil de Nathan. Iba sonriendo ligeramente, pero lo único que eso le indicaba a ella era que estaba contento consigo mismo.

–¿Vamos al rancho?

Él la miró y sonrió más.

–Ahora lo verás.

¿Por qué se andaba con tanta intriga? ¿Qué tramaba?

Ella le siguió el juego.

–Me gustaría ver a Jake y a Terri. Ha pasado mucho tiempo desde la última vez que vi a los niños.

–Bueno, pues ya los verás.

Así que tal vez no fuesen directamente al rancho. Amanda se dijo que podía ser paciente. Hasta cierto punto.

–¿Qué tal te llevas con Pam últimamente?

La pregunta la sorprendió e hizo que se sintiese incómoda.

–Como siempre –le respondió–. Se alegra de que haya venido a ayudarla, pero preferiría no tenerme allí.

Nathan frunció el ceño.

–Tiene algunos asuntos sin resolver contigo.

–No me digas –murmuró Amanda.

Ella también tenía asuntos pendientes con Pam, sobre todo, después de saber que había salido con Nathan. Tal vez no debiese darle importancia, porque había ocurrido cuando ellos ya no estaban juntos, pero Amanda no podía evitar que le importase. No le gustaba e iban a tener que hablar de ello. No obstante, cambió de tema de conversación.

–Entonces, ¿qué tal están Jake y Terri?

Nathan sonrió de verdad.

–Estupendamente. Supongo que ya te habrás enterado de que tienen dos niños gemelos y una niña.

–Sí –admitió ella, sonriendo con tristeza–. La última vez que vine a ver a mi padre, antes de… Bueno, que quedé con Terri y los niños en el pueblo cuando tú no estabas.

Nathan asintió.

–Los gemelos están en infantil y Terri dedica todo su tiempo a Emily.

Amanda sintió un leve dolor en el pecho al pensar en los sobrinos de Nathan. Siempre le ocurría eso con los niños, no podía evitar recordar que ella había perdido uno. Llevaba más de siete años imaginándose cómo sería su vida si lo hubiese tenido. Se habría casado con Nathan, por supuesto, pero ¿habrían sido felices? ¿O se habría preguntado siempre si él la quería o si se había casado con ella solo por obligación? Eran preguntas para las que jamás tendría una respuesta.

Intentó pensar en otra cosa.

–Emily ya tiene casi dos años, ¿verdad?

–Sí, y es preciosa. También tiene a Jake completamente doblegado –añadió Nathan riendo y sacudiendo la cabeza–. En ocasiones me cuesta creer que Jake sea padre, pero lo cierto es que lo hace muy bien.

Amanda volvió a preguntarse cómo habría sido de padre él, y tal vez Nathan pensó lo mismo, porque de repente se puso serio.

Después estuvieron en silencio hasta que Nathan tomó un camino que Amanda conocía.

–Así que no estamos yendo al rancho.

–No.

–Vamos al río.

–Ese es el plan.

Amanda se puso nerviosa, pero se dijo a sí misma que no debía sacar conclusiones precipitadas. Al fin y al cabo, Nathan había crecido allí. Jake y él habían pasado gran parte de la niñez en el río, pescando, nadando, evitando trabajar en el rancho. Para él, aquella era una parte de su vida. No había motivos para pensar que Nathan sentía el mismo… cariño que ella por aquel lugar. Para Amanda aquel río era mágico, especial.

Atravesaron unas tierras que pertenecían al rancho y entraron en una zona fresca y frondosa. Según se iban acercando al río, Amanda recordó, no intentó evitarlo, que allí había sido donde Nathan y ella habían hecho el amor por primera vez, mucho tiempo atrás.

El corazón se le aceleró al recordar el momento y se sintió invadida por la emoción. Los nervios estaban ahí, pero también había deseo. Al llegar a aquel lugar, el tiempo se había detenido y ella había vuelto a formar parte del hombre al que siempre había querido.

¿Qué recordaría él? ¿Todavía pensaría en esa noche y en todas las que la habían seguido? ¿Tendría las mismas frustraciones que ella? ¿O había pasado página realmente? Si era así, ¿por qué estaban juntos en esos momentos?

El sol estaba a punto de ponerse completamente en el cielo y Amanda miró por la ventanilla. Se preguntó si Nathan estaría intentando recrear aquella primera noche, si pensaba que volver a aquel lugar bastaría para dar marcha atrás en el tiempo.

¿Y si era así?

Respiró hondo. Llevaba años sin Nathan y en esos momentos, en un solo día, él estaba consiguiendo llenar el vacío que había en su interior y hacerla caer en una red diseñada para despertar emociones que Amanda había creído enterradas desde hacía mucho tiempo.

¿Cómo era posible que la hiciese pasar de la ira al deseo con tanta facilidad? ¿Y cómo podía ella proteger su corazón cuando lo que en realidad quería era recuperar lo que habían tenido?

–¿Te suena? –preguntó Nathan.

Ella sintió un escalofrío.

–Por supuesto –respondió, intentando calmarse antes de mirarlo.

No pudo descifrar su expresión; como siempre, Nathan era muy bueno ocultando sus emociones.

–¿Por qué hemos venido aquí, Nathan?

Él la miró un instante y después volvió a clavar la vista en la carretera.

–Tenemos que hablar y no creo que haya un lugar más íntimo.

Eso era cierto, era un lugar íntimo. Se advirtió a sí misma que aquello podía ser peligroso, pero, al mismo tiempo, se dijo que ya no era una niña desesperadamente enamorada. Había crecido y cambiado, y había sobrevivido después de que Nathan le rompiese el corazón. Era lo suficientemente fuerte para soportar el torbellino de emociones que tenía dentro.

O eso esperaba.

Si no, la historia volvería a repetirse esa noche y, en realidad, Amanda no sabía qué era lo que quería.

Nathan salió de la carretera y dirigió el todoterreno hacia un robledal. Ella respiró hondo y espiró muy lentamente, decidida a controlar sus sentimientos.

Él aparcó junto a los árboles y luego la miró y dijo:

–Todo debería estar listo. Vamos.

Amanda no supo a qué se refería, pero solo había una manera de saberlo. Además, no iba a permitir que Nathan se diese cuenta de lo nerviosa que estaba. Abrió la puerta, salió y miró hacia el cielo. Las primeras estrellas estaban empezando a brillar en él y el aire era suave, como una cálida caricia.

–¿Qué tramas?

–Ven y lo verás.

Nathan le tendió la mano y Amanda dudó solo un instante antes de darle la suya. Al fin y al cabo ya estaban allí y, además, sentía curiosidad.

¿Por qué la había llevado allí? ¿Estaba preparada? ¿Quién era aquel hombre, de todos modos? Una semana antes le había pedido que se marchase del pueblo y esa noche se estaba comportando como un príncipe azul.

Amanda estaba completamente confundida y tuvo la sensación de que eso era lo que Nathan quería.

Él la guio hasta la orilla del río y ella se fue internando en la vegetación y también en los recuerdos del pasado.

Al llegar al borde del agua, se quedó de piedra al ver una manta azul y blanca en el suelo, un farol y una nevera portátil junto a dos copas de cristal.

Pensó que en el pasado había sido distinto. Nathan había vuelto de la academia a pasar unos días en casa y la había llevado a su lugar especial. Habían hablado de las clases, de lo que él hacía, de las personas a las que había conocido. Y Amanda había intentado grabarse su imagen en la cabeza para poder tenerla cuando se volviese a marchar y no sentirse tan sola.

Habían hecho un picnic allí, con las luces del coche iluminándolos y la radio encendida. Habían charlado y reído, y habían hecho planes para un futuro que, en realidad, ninguno de los dos se había podido imaginar.

Y después habían hecho el amor, allí mismo, bajo las estrellas, por primera vez. Todo había cambiado aquella noche y Amanda sintió el mismo amor, el mismo deseo que entonces, al mirar al hombre que tenía al lado.

–¿Qué estás haciendo, Nathan?

–Recordar –respondió él con la vista clavada en la manta–. Desde que has vuelto, no he hecho otra cosa.

–Yo también.

–¿Y recuerdas lo que pasó aquí?

–Es imposible de olvidar –respondió ella con naturalidad, a pesar de los nervios.

–Bien.

Nathan volvió a tomar su mano y la llevó hacia la manta.

–¿Quién ha preparado esto?

–Louisa –le respondió él, sentándose en la manta y haciendo que ella se sentase a su lado–. Supongo que le habrá pedido a Henry que la traiga, pero ha sido ella la que lo ha preparado todo.

Louisa Diaz, el ama de llaves de Battlelands, que llevaba veinte años en el rancho.

–¿Y no ha sentido curiosidad por saber para qué querías todo esto?

–Si la ha sentido, no lo ha admitido –respondió él, sacando una botella de vino blanco de la nevera–. También hay fresas, nata y unas galletas caseras.

Ella clavó la vista en el vino. Todavía estaba confundida.

–Al parecer, has pensado en todo.

–Eso creo.

–Pero sigo preguntándome por qué.

Él suspiró pesadamente, con impaciencia. Y, de repente, volvió a parecerse más al Nathan con el que Amanda se había encontrado al volver a Royal.

–¿Acaso tiene que haber un motivo? ¿No podemos limitarnos a disfrutarlo?

¿Disfrutarlo? Amanda sintió dolor e intentó contenerlo. Tal vez aquello hubiese sido más fácil si hubiese sabido qué quería, qué esperaba Nathan, pero no lo sabía y eso hacía que se sintiese incómoda. Dio un sorbo de vino para intentar calmar la sequedad de su garganta.

Hubo un largo silencio, hasta que Nathan volvió a hablar y lo rompió.

–No hay nada planeado, Amanda –dijo con voz profunda–. Solo quería traerte a un lugar en el que pudiésemos hablar.

–Y has escogido este.

Él esbozó una sonrisa, solo un instante.

–No eres la única que tiene recuerdos. Este era nuestro lugar.

–Sí, lo era, Nathan, pero…

–Pero nada. Estamos aquí. Vamos a hablar, a tomar el postre. Relájate, Amanda.

¿Relajarse?

Ella lo miró a los ojos e intentó ver más allá de lo que Nathan quería mostrarle, pero no lo consiguió.

No obstante, no podía pedirle que la llevase a casa sin que pareciese que tenía miedo de estar a solas con él, y no podía darle tanto poder. Además, podía considerar aquello como una prueba para su fuerza de voluntad. Si tenía que vivir en Royal y ver a Nathan a diario, tendría que controlar el deseo que sentía cuando lo tenía cerca. No podía pasar el resto de su vida en un constante estado de expectación.

–De acuerdo, hablemos.

Él volvió a sonreír un instante y luego dijo:

–Esta vez he venido preparado.

Sacó una pequeña radio de la nevera y puso música romántica.

–¿Te acuerdas de que aquella noche me

quedé sin batería y tuvimos que utilizar el *walkie-talkie* del coche para que Henry viniese a ayudarnos?

Amanda recordaba aquello y también recordaba cómo los había mirado Henry, pero el capataz del rancho no había hecho ningún comentario. Se había limitado a arrancar el coche de Nathan y marcharse.

–Qué vergüenza –comentó ella.

–Sí, pero mereció la pena –admitió él sonriendo.

Amanda agarró la copa con fuerza, Nathan estaba traspasando todas sus defensas, sonrisa a sonrisa.

Apartó la vista de él y la clavó en el río. Era poco profundo, pero corría con fuerza. Una trucha saltó del agua y Amanda pensó que era perfecto.

Era verano y el cielo estaba salpicado de estrellas. Había música que acompañaba el susurrar del río y el hombre que había sido el amor de su vida estaba a su lado. ¿Cuántas veces había deseado aquello a lo largo de los años?

Miró a Nathan, que estaba sacando un par de galletas de la nevera. Le dio una y sonrió.

–Siempre te gustaron las galletas de Louisa.

A ella se le encogió el corazón. Nathan parecía inofensivo, pero no lo era.

–Eres malo –le dijo, dándole un mordisco a la galleta.

Él asintió.

–También solía gustarte eso de mí.

–Me gustaban muchas cosas.

–Pero ya no –comentó Nathan en tono frío.

–No he dicho eso.

–No ha hecho falta. A mí me pasa lo mismo.

–Me alegra saberlo –murmuró Amanda, sintiendo que el corazón se le encogía un poco más.

–Las cosas han cambiado.

–Si me has traído aquí para decirme eso, estás perdiendo el tiempo. Ya lo sabía.

–Pero lo cierto es –continuó él, como si no la hubiese oído– que hay cosas que no cambian.

Nathan tocó su mano con la punta de los dedos, luego los subió por el brazo, y ella se estremeció.

–Eso no es justo –le dijo ella, apartándose y poniéndose en pie para acercarse al río.

Lo oyó levantarse también y seguirla. Y luego notó sus manos en los hombros.

–¿Por qué demonios tengo que jugar limpio? –preguntó Nathan, haciendo que se girase hacia él.

–¿Por qué estás jugando, te pregunto yo? –inquirió ella, estudiando su rostro.

–Porque no consigo sacarte de mi cabeza –admitió él.

–A mí me pasa lo mismo.

Nathan deslizó las manos por sus brazos, como para intentar darle calor, a pesar de que

Amanda estaba acalorada y tenía la sensación de que no volvería a tener frío nunca jamás.

Respiró hondo, echó la cabeza hacia atrás y dijo:

—Vino, galletas, música. Este lugar. ¿Qué es lo que quieres, Nathan? Dime la verdad.

—La verdad —repitió él, pensativo—. La verdad, Amanda, es que todavía quedan muchas cosas pendientes entre nosotros y que, hasta que no las resolvamos, la vida en Royal va a ser muy dura para ambos.

Ella se sintió decepcionada al oír su respuesta. Nathan había hecho aquello para ablandarla y poder manejarla.

—Ya hemos hablado del tema, Nathan.

—Sí, pero no ha sido suficiente.

Amanda se apartó de él y se acercó todavía más al borde del río. Levantó la cabeza y clavó la vista en una sola estrella para intentar centrarse y controlar los nervios.

No quería hablar más del pasado. Solo le causaba dolor, pero, no obstante, le preguntó:

—¿Qué nos queda por decir?

Volvió a oír cómo se acercaba Nathan y sintió la proximidad de su cuerpo. Sintió lo que había sentido siempre que lo había tenido cerca.

Él volvió a apoyar las manos en sus hombros. Amanda sintió un estremecimiento, cerró los ojos y tomó aire.

–¿Por qué no dejamos atrás el pasado, Amanda, y vivimos sin pensar en él?

–Es lo que yo quiero –dijo ella, y era la verdad. Ya había sufrido bastante.

–En ese caso, hagamos un pacto. Empecemos de cero.

–¿Así, sin más?

Amanda no sabía si iba a ser posible.

–No será fácil –admitió Nathan–, pero será más sencillo que cargar a todas horas con el pasado.

Sonaba bien, pero Amanda no sabía cómo iban a hacerlo.

–Trato hecho –le respondió, tendiéndole la mano.

Él la miró y la tomó, y después le dijo en voz baja:

–Todavía te llevo en la sangre, Amanda.

A ella se le aceleró el corazón y notó que se tambaleaba, pero Nathan la agarró por los hombros e inclinó la cabeza para susurrarle al oído:

–Pienso en ti, sueño contigo. Te deseo.

–Nathan…

Él la tomó entre sus brazos y le dijo:

–Baila conmigo.

No le dio tiempo a responder, a decidirse. Nathan empezó a balancearse al ritmo de la música e hizo que se moviese con él. La apretó contra su cuerpo e hizo que sintiese… todo lo que quería hacerle sentir.

Nathan debió de darse cuenta de que conseguía encenderla por dentro, porque inclinó más la cabeza y le robó un beso.

–Dime que no sientes lo mismo que yo –la retó.

Amanda supo que perdería el control si lo miraba a los ojos, pero no pudo resistirse. Necesitaba ver aquellos ojos oscuros ardiendo de deseo otra vez.

Así que los miró y notó que los sentimientos que creía enterrados salían a la superficie con sed de venganza y algo más. Algo nuevo y todavía frágil, pero mucho más profundo de lo que había sentido hasta entonces.

Su baile terminó con brusquedad y Nathan levantó las manos para tomar su rostro y devorarla con la mirada.

Amanda lo deseaba tanto que tembló con desesperación.

Habría sido tan fácil dejarse llevar y rendirse a sus deseos, olvidarse del pasado y pensar solo en el presente… pero ¿qué habría pasado a partir de entonces?

–Nathan, esto es una locura…

–Una locura que no tiene nada de malo –murmuró él, dándole un beso en la frente.

Amanda tragó saliva.

–Pero, si lo hacemos, solo conseguiremos que la vida en Royal sea todavía más dura.

Él se echó a reír.

–Eso es casi imposible.

Nathan la apretó contra su cuerpo y Amanda se dio cuenta de lo excitado que estaba.

De repente, ella sintió también un calor que solo él podía calmar, pero sacudió la cabeza y se apartó. No tenía miedo de Nathan. No, de lo que tenía miedo era de dejarse llevar por el deseo y olvidarse de sus buenas intenciones.

–Maldita sea, Amanda –protestó él–. Lo deseas tanto como yo.

–Sí –admitió ella–, pero no voy a hacerlo.

–¿Por qué no?

–Porque no solucionaría nada, Nathan.

Él levantó las manos con frustración y las volvió a bajar.

–¿Y por qué tiene que solucionar algo? Ya no somos unos niños. ¿No puede ser solo lo que es?

–Entre nosotros, no –respondió ella, sintiéndose más tranquila sin que Nathan la tocase–. Entre nosotros nunca ha sido tan simple, Nathan, y lo sabes.

Él se metió las manos en los bolsillos de los pantalones vaqueros y levantó la vista al cielo, como intentando encontrar paciencia en él. Luego volvió a mirarla y le dijo:

–No eres capaz de olvidarte del pasado, ¿verdad?

–¿Y tú? –replicó ella.

–No del todo, no.

–Entonces, ¿cómo va a ayudarnos que nos acostemos juntos?

–¿Qué daño nos puede hacer?

–Nathan, el sexo no resuelve un problema, solo crea problemas nuevos.

–Tal vez sea suficiente por el momento –insistió él.

–No para mí.

–Entonces, ¿qué es lo que quieres?

Miles de pensamientos inconexos pasaron por su mente en un instante. ¿Qué quería? Sobre todo, a él. Había intentado engañarse diciéndose que lo que deseaba era pasar página, encontrar a otro hombre y construir una vida con él.

Pero lo cierto era que no había ningún otro hombre para ella. Quería a Nathan y lo que no habían tenido. Confianza, amor, un futuro. Y sabía que él no estaba interesado en nada de aquello.

Lo que significaba que siempre estaría sola.

Nathan se volvió a acercar y la abrazó de nuevo.

–No hagas las cosas más difíciles –le advirtió Amanda.

–¿Por qué las quieres fáciles? –le preguntó él.

Ella lo miró y cuando Nathan la besó se perdió en él. Sus lenguas danzaron furiosamente y Nathan le acarició la espalda y después apoyó las manos en su trasero. Ella dio un grito ahogado y lo rodeó con una pierna.

Los labios de Nathan la hicieron olvidarse de

sus buenas intenciones. De repente, dejó de pensar y se limitó a sentir. Había pasado tanto tiempo… ¿Cómo podía rechazar aquello? ¿Qué más daba lo que ocurriese al día siguiente si, en esos momentos, podía tener aquello?

Nathan metió una mano por debajo de su falda y la hundió en sus braguitas para acariciarla.

Amanda dio un grito ahogado y apartó los labios de los de él para levantar la cabeza y mirarlo a los ojos, que estaban encendidos de pasión, y tuvo que aferrarse a sus hombros para no perder el equilibrio con el orgasmo que estaba a punto de sacudirla.

Él introdujo un dedo, luego dos, y la acarició rápidamente. Amanda apretó las caderas contra su mano y se estremeció.

–Venga, Amanda, quiero ver cómo llegas –le susurró él, besándola en los labios, en los ojos, en la nariz.

Las estrellas brillaban en el cielo. El aire de Texas acarició su piel. Tenía la mirada de su amante clavada en los ojos y Amanda se rindió, gimió de placer y susurró su nombre.

Capítulo Siete

Amanda estaba sin fuerzas entre sus brazos y Nathan nunca se había sentido más vivo. Estaba excitado, desesperado, y seguía acariciándola íntimamente, disfrutando con el calor y la humedad de su cuerpo.

No había otra mujer en el mundo que lo pusiese así. Era capaz de hacerlo arder con solo un suspiro. Por eso estaba allí, se recordó. Aquel era su plan. Volver a tener sexo con ella para poder olvidarla. La miró y vio que sonreía suavemente, satisfecha. Vio sus ojos verdes inundados de pasión. Y no pensó en olvidarla, sino en volver a hacerla suya.

–Nathan… ha sido…

–El aperitivo –gimió él, con un nudo en la garganta.

Volvió a acariciarla y notó que temblaba. Entre sus brazos, era vulnerable, y a Nathan se le despertó el instinto protector. Lo que deseaba en esos momentos era interponerse entre ambos y el resto del mundo, verla siempre así, mirándolo con estrellas en los ojos y un suspiro en los labios.

Esperó a que ella le dijese que sí. No podía

volver a tocarla hasta que admitiese que estaba de acuerdo en que podían tener sexo. Era lo que ambos necesitaban.

Amanda levantó una mano y le acarició la mejilla.

–Estoy cansada de ser sensata –le dijo–. No quiero pensar en mañana. Solo quiero esta noche. Contigo.

Él esperó uno o dos segundos más y luego le preguntó:

–¿Estás segura?

–De esto, sí –respondió sonriendo, abrazándolo por el cuello.

–Menos mal –murmuró Nathan, llevándola hasta la manta para tumbarla en ella.

Apartaron el vino y la nevera y después se arrancaron la ropa porque ambos necesitaban sentir la piel del otro.

Nathan la acarició desesperadamente, consciente de que era la mujer en la que llevaba años pensando. La mujer a la que había perdido y a la que jamás había podido olvidar.

Disfrutó mirándola, con el pelo extendido en la manta. Las piernas largas, suaves y bronceadas, los pechos firmes, generosos. Deseó agarrarlos con ambas manos y acariciarle los pezones hasta hacerla gemir y arquear la espalda, pero sacudió la cabeza y murmuró:

–Llevo pensando en esto desde el primer día que te vi en la cafetería.

Ella se echó a reír.

–¿El día que entraste enfadado, queriendo echarme del pueblo?

–Sí, pero, en realidad, deseaba más tenerte que echarte –le respondió él, inclinando la cabeza para probar primero un pecho, después el otro.

Ella dio un grito ahogado, suspiró.

Cuando Nathan dejó de acariciarla, lo miró a los ojos y le dijo:

–Pues has estado disimulando muy bien.

Él sonrió.

–No podía permitir que todo el pueblo supiese lo que pensaba. Bueno, en realidad, no quería que tú supieses lo que pensaba.

–Lo mismo me ocurría a mí –admitió ella, enterrando los dedos en su pelo.

A Nathan le ardía la sangre en las venas.

–Teníamos que haber hecho esto hace días.

–Sí –susurró Amanda, arqueando la espalda.

Él recorrió su cuerpo a besos, bajó por su pecho, pasó por el estómago y atravesó el abdomen. Amanda sabía a verano y olía como el campo en primavera. Nathan estaba rodeado por su sabor, por su olor, por sus caricias y, no obstante, no era suficiente. Le dolía todo el cuerpo de lo mucho que la necesitaba. No había planeado encontrarse inmerso en aquella vorágine de emociones. Solo había planeado acostarse con ella para poder olvidarla de una vez por todas.

Intentó aferrarse a su plan, recordar por qué era importante. Nathan Battle no hacía nada sin un maldito plan y, una vez que lo llevaba a cabo, era un éxito.

Pero... su cerebro no quería pensar. Nathan quería concentrarse solo en aquel momento, no en lo que ocurriría después. Lo único que quería era disfrutar de ella.

Amanda tenía el cuerpo largo y esbelto, y las curvas necesarias para tentar a un hombre. Bajo la luz de las estrellas, su piel parecía miel caliente. Nathan pasó las puntas de los dedos por su vientre plano y sonrió al ver que Amanda contenía la respiración. Pasó un dedo por la marca del sol que tenía en los pechos y después por el triángulo de vello castaño que había entre sus muslos.

—Llevas un bikini muy pequeño —murmuró, deseando poder verlo.

Ella sonrió.

—Ponerse uno grande no tiene sentido, ¿no?

—No, supongo que no —admitió él, acariciándola entre las piernas—. ¿De qué color es?

Ella dio un grito ahogado y arqueó las caderas.

—¿Qué?

—El bikini, Amanda —susurró él—. ¿De qué color es?

Introdujo un dedo en su sexo y ella suspiró.

—¿Te parece importante en estos momentos?

–Venga, compláceme –le pidió Nathan, acariciándola.

–Está bien, pero no pares –dijo ella, tragando saliva–. Es blanco. Con…

Amanda se interrumpió al estremecerse de placer.

–¿Con…?

–Puntos rojos –continuó, humedeciéndose los labios.

–Suena bien.

–Ya te lo enseñaré, pero ahora…

–¿Quieres más? –le preguntó Nathan, conociendo la respuesta de antemano.

–Lo quiero todo –admitió Amanda, mirándolo a los ojos–. Sinceramente, Nathan, como no entres ya…

–¿Qué? –dijo él, disfrutando al verla tan frustrada–. ¿Te vas a marchar?

Ella frunció el ceño.

–Muy gracioso. No, no voy a marcharme, pero…

Él se colocó justo encima y le susurró:

–Eres tan bonita…

–Me alegra que lo pienses –dijo ella, intentando abrazarlo.

Pero Nathan se echó hacia atrás para buscar un preservativo en sus pantalones.

–Estabas muy seguro de ti mismo, ¿no?

–Estaba muy seguro de nosotros –le dijo él, rasgando el envoltorio para ponerse la protección.

–¿Hay un nosotros, Nathan? –le preguntó Amanda con el rostro inexpresivo.

Él pensó que aquella era una buena pregunta. La miró a los ojos. No tenía una respuesta. El día anterior habría dicho que no. Tal vez al día siguiente pensase lo mismo, pero en esos momentos…

–Esta noche, lo hay.

La mirada de Amanda se entristeció un instante, pero fue tan rápido que Nathan casi pudo convencerse de que se lo había imaginado. No quería hacerle daño, pero no iba a fingir que había algo que no había. Además, solo quería pensar en el presente. No, no había nada entre ellos. Solo había aquel momento.

–No le demos más vueltas –murmuró, terminando la conversación con un beso que los dejó a ambos sin aliento.

Ella le acarició la espalda y le clavó las uñas en la piel, haciéndole saber que deseaba aquello tanto como él.

Ambos dejaron atrás el pasado al volver a encontrarse de la manera más elemental. Cada caricia fue una ratificación de lo que habían tenido. Cada beso y cada suspiro, una celebración de lo que estaban descubriendo en esos momentos.

Se revolcaron por la manta, con los brazos y las piernas entrelazados, con el ronroneo del río de fondo y el aire susurrando entre los árboles.

Cada caricia de las manos de Nathan le resultó familiar y nueva al mismo tiempo, como si fuese la primera vez que estaban juntos.

Él la empujó contra la manta y luego se apoyó en un codo para mirarla. Parecía una diosa del verano, tumbada sobre la manta azul y blanca, con la luz de las estrellas brillando en su piel. La vio sonreír y humedecerse los labios, y se quedó sin respiración. Amanda tenía los ojos brillantes de deseo y él sintió todavía más calor. Era agradable, sentir calor, después de tantos años de frío.

Se dijo que no podía esperar ni un minuto más, así que se colocó entre sus piernas y gimió de satisfacción al ver que se abría ante él y le tendía los brazos. La penetró de un solo empellón y espiró al notar su cuerpo caliente alrededor.

Amanda dio un grito ahogado y levantó las piernas para abrazarlo por la cintura y profundizar todavía más la penetración. Arqueó la espalda y levantó las caderas para pegarse a él lo máximo posible.

Nathan sintió que se estremecía de placer, se dio cuenta de cómo iba aumentando la tensión en su interior solo por el modo en que se movía con él.

Era como si estuviesen conectados mucho más que en un plano físico, y sintió lo mismo que ella al mirarla a los ojos justo antes del clímax. La conocía como no conocía a ninguna otra mujer.

Amanda lo agarró de los hombros y lo encendió con cada suspiro, haciendo que se moviese cada vez más deprisa, con más intensidad. La besó desesperadamente y ella respondió.

–Nathan. Nathan.

Su nombre se convirtió en un cántico en el aire de la noche. Amanda susurró y rogó sin dejar de moverse. Y, cuando por fin empezó a estremecerse de placer, Nathan notó cómo su cuerpo lo apretaba por dentro. Entonces se dejó llevar él también y se rindió a lo que solo Amanda podía darle.

Su cuerpo y su mente explotaron y, cuando se dejó caer sobre ella, Amanda lo abrazó en la oscuridad.

Amanda tenía el corazón acelerado. Con el peso de Nathan sobre su cuerpo, se sintió completa por primera vez en años. Era ridículo admitirlo, pero sin él siempre le había faltado algo en la vida. Algo vital.

Volvía a tenerlo, pero sabía que no podía durar.

Él ya le había dicho que no estaban juntos, que aquello era solo sexo. Un sexo estupendo, pero solo sexo. Y si Amanda quería algo más lo único que conseguiría sería sufrir.

Nathan se tumbó de lado e hizo que se girase con él. Acurrucada contra su pecho, Amanda escuchó los latidos de su corazón y supo que estaba tan afectado como ella, cosa que, al menos, la consoló un poco.

Estuvieron en silencio mucho tiempo, hasta que Amanda no pudo soportarlo más. Se dijo que sería mejor hablar la primera y decirle que no iba a ponerse a llorar, ni a rogarle que no se marchase.

No porque no quisiera hacerlo, pero Nathan no tenía por qué saberlo.

—Nathan, ha sido…

—Sí. Tienes razón.

—¿Y vienes mucho por aquí? —le preguntó, levantando la cabeza para mirarlo.

Él sonrió y Amanda se quedó sin respiración.

—Hacía años que no venía —le dijo él—. Desde que…

Se interrumpió, pero aquello fue suficiente para que Amanda supiese que nunca había llevado a otra mujer a «su» lugar especial. Aquello la reconfortó. Sabía que había salido con muchas otras, pero al menos no las había llevado allí.

—Es un lugar muy bonito —le dijo, mirando hacia el reflejo de la luna en el agua.

—Sí, lo es. Mira, Amanda…

Ella se dio cuenta de que aquel era el comienzo de una charla que no quería oír en esos momentos. Prefería al Nathan bromista y juguetón que al serio y responsable.

Así que se sentó y recogió su blusa. Se la puso y luego le preguntó:

–¿Te apetece un poco más de vino?

Él la miró fijamente y después se sentó también y empezó a vestirse.

–Claro, cómo no.

–Y galletas –le recordó Amanda, decidida a mantener una actitud desenfadada–. Me parece que necesitamos más galletas.

Una vez vestido, Nathan se sentó enfrente de ella en la manta y la observó con cautela, como si fuese una bomba a punto de estallar.

–Galletas –repitió.

–¿Por qué no? ¿Es que ya no te acuerdas de que el sexo siempre me da hambre?

Él sonrió de repente mientras llenaba las dos copas de vino.

–Me acuerdo de todos los picnics que hacíamos en la cama.

Amanda se quedó inmóvil al recordar. Habían pasado tantas noches en la cama, riendo, haciendo el amor y comiendo cualquier cosa de la nevera…

–Tuvimos muchos momentos buenos, Nathan.

Él le dio la copa y brindó con ella.

–Sí, es verdad, pero…

–Dejémoslo ahí –lo interrumpió–. Tuvimos momentos buenos entonces y lo hemos pasado muy bien esta noche. ¿No es eso lo que has dicho antes? ¿Que lo que teníamos era esta noche?

–Sí.

–Pues vamos a disfrutarla.

–Eres la mujer más complicada que he conocido en toda mi vida.

Amanda se echó a reír.

–Me siento halagada.

–Y tienes motivos, siempre supiste cómo volverme loco.

A Amanda le pareció que casi decía aquello con melancolía y se le encogió el corazón.

–Te gustaba eso de mí –comentó, después de dar un sorbo de vino para intentar deshacer el nudo que tenía en la garganta.

–Sí.

Lo miró a los ojos.

–Te he echado de menos, Nathan.

–Y yo a ti.

Y tal vez, por esa noche, aquello fuese suficiente.

–Te has acostado con él.

–¡Piper! –la reprendió Amanda, mirando a su alrededor para asegurarse de que nadie en la cafetería la había oído.

Por suerte, había pasado la hora de comer y el local estaba casi vacío. Le dio un sorbo a su café y le preguntó a su amiga:

–¿Podrías decirlo más alto?

–Probablemente –respondió Piper–. ¿Quieres que lo intente?

–¡No! –respondió Amanda, preguntándose si

tanto se le notaba y si se habría dado cuenta alguien más–. Y no sé de qué me estás hablando.

–Ya. Seguro.

Amanda frunció el ceño, molesta porque alguien a quien llevaba tanto tiempo sin ver fuese capaz de darse cuenta de aquello.

–Está bien. Sí. Tienes razón.

Piper se echó a reír y tomó un bocado de la tarta de limón con merengue que Amanda le había prometido el día anterior.

–Se te nota en los ojos, por no hablar de la marca que tienes en el cuello.

Amanda se llevó la mano a la parte izquierda de la garganta y se estremeció al recordar cómo se la había hecho Nathan. Había intentado tapársela con maquillaje, pero, al parecer, no había servido de nada.

–Me parece que el maquillaje que utilizo no es tan bueno como pensaba –murmuró–. Debería mandarles un correo electrónico para quejarme.

–Hazlo –le dijo Piper riendo–. Bueno, ¿qué tal está Nathan?

–Está… bien –respondió ella sonriendo.

Al llegar a casa después de haber estado en el río con él, Amanda se había sentido cansada y activada al mismo tiempo. Como si todas las células de su cuerpo hubiesen recobrado la vida después de largos años de letargo. Se había sentido casi como la Bella Durmiente, pero sabía que Nathan no era ningún príncipe azul.

No, lo de la noche anterior no había sido el principio de nada. No iba a engañarse ni a hacerse falsas ilusiones. Sabía que Nathan solo había querido pasar un buen rato.

Aunque para ella había sido más. A pesar de lo que le había dicho a él, no era de las que tenían sexo solo por el sexo. Y el único motivo por el que se había acostado con Nathan era porque todavía sentía algo por él.

—Entonces, ¿volvéis a estar juntos?

—No —respondió Amanda—. No voy a engañarme con eso. Lo de anoche fue solo… anoche. Lo nuestro no funcionó, ¿recuerdas?

—Ya lo sé, pero ambos habéis cambiado.

—¿Tú crees? —se preguntó a sí misma en voz alta—. No sé. Nathan siempre será importante para mí, pero…

—No hay peros que valgan —insistió su amiga.

Amanda se echó a reír.

—En un mundo perfecto…

Se oyó un fuerte ruido al otro lado de la cafetería y Amanda miró a su hermana, que estaba utilizando la cafetera a golpes. Amanda frunció el ceño al darse cuenta de que Pam la fulminaba con la mirada.

—Vaya, Pam está de muy buen humor —comentó Piper.

—Sí. Lleva así toda la mañana.

—No me extraña. Lleva años detrás de Nathan y supongo que se está dando cuenta de que jamás va a ser suyo.

–¿Qué?

–Imagino que sabes que salieron juntos un par de veces, pero no surgió nada. A Nathan no le interesaba. Y supongo que, si yo he visto la marca que tienes en el cuello, tu hermana también.

–Estupendo.

Piper miró a Pam por encima del hombro y luego volvió a girarse hacia Amanda. Se acercó más a ella y susurró:

–Todo el mundo sabe que Pam ha estado loca por Nathan desde el colegio. Y que siempre ha sentido celos de ti.

–Todo el mundo, menos yo –comentó Amanda, tomando su café–. ¿Por qué iba a sentir celos de mí?

–Veamos… –dijo Piper, fingiendo pensarlo–. Porque eres más joven, más guapa, has ido a la universidad y, sobre todo, porque tienes a Nathan.

–Tenía.

Piper arqueó las cejas.

–¿Estás segura?

En la vieja máquina de discos que había en la esquina sonaba un clásico rock & roll. Había una pareja sentada a la barra, comiendo, y dos señoras mayores sentadas a una mesa, tomando tarta y café. Los domingos casi todo el mundo se quedaba en casa con la familia, lo que era un alivio y un castigo al mismo tiempo.

Lo peor era que tenía tiempo para pensar.

Demasiado tiempo para darle vueltas a lo ocurrido la noche anterior entre Nathan y ella. Lo cierto era que, por mucho que lo pensase, no lo entendía.

Sabía que lo que tenían era mágico, pero también que eso no garantizaba un final feliz.

–No sé en qué estás pensando, pero deja de hacerlo porque te estás poniendo muy seria –le advirtió Piper.

–Es cierto –admitió, tomando un bocado de su tarta–. No sé si lo de anoche ha significado algo, Piper.

–Si tú quieres que signifique algo, lo hará.

Ella se echó a reír al oír aquello.

–No es tan sencillo. ¿Y si yo quiero y Nathan no?

–Haz que lo quiera –le sugirió su amiga, encogiéndose de hombros.

–Vaya, parece sencillo.

–No, no lo será. Las cosas que merecen la pena nunca se consiguen con facilidad. La cuestión es, ¿lo quieres?

–Ojalá esa fuese la única pregunta –murmuró Amanda terminándose la tarta.

Capítulo Ocho

Unos días después, Amanda se dio cuenta de que se le había olvidado lo mucho que le gustaba la fiesta del Cuatro de Julio en Royal.

Todo el pueblo parecía estar reunido en el parque. El sol brillaba en el cielo y aquel prometía ser uno de los días más calurosos del verano, pero a nadie parecía importarle mucho. Los texanos eran duros y no permitían que el calor y la humedad les impidiesen divertirse.

Se estaba jugando un partido de béisbol, había mantas repartidas por el suelo y las familias del pueblo se habían preparado para disfrutar de un día que no terminaría hasta después del espectáculo de fuegos artificiales. Los niños corrían por todas partes, gritando y riéndose, ajenos al calor.

También había puestos con juegos en los que se podían ganar peces de colores y peluches. Amanda se había puesto a colaborar en uno de ellos y sonrió al niño pequeño que había empezado a jugar unos minutos antes. Se había gastado casi todo su dinero para intentar ganar un premio tratando de derribar los bolos con una pelota.

–Es más difícil de lo que parece –comentó el niño, sacudiendo la cabeza.

–Sí, ¿verdad? –le respondió Amanda.

Estaba preguntándose cómo podría ayudar al niño a ganar cuando vio acercarse a Nathan.

No pudo evitar sentir un escalofrío al verlo con su camisa de sheriff y la estrella brillando bajo el sol. Llevaba unos vaqueros gastados, las botas de siempre y un sombrero.

Habían pasado varios días desde la noche en el río y, desde entonces, las cosas habían cambiado entre ambos. Era normal, después de haberse acostado juntos, pero el caso era que había menos tensión entre ellos, pero más confusión.

–Buenas tardes, Amanda –la saludó antes de mirar al niño–. Carter, ¿cómo estás?

–Regular, sheriff –respondió el niño–. Quería ganar uno de esos osos de peluche para mi hermana pequeña. A las niñas les gustan esas cosas, pero es mucho más difícil de lo que parece.

–¿Qué haces tú solo? ¿Dónde están tus padres?

Carter señaló hacia una familia joven que había debajo de un árbol.

–Allí.

–Bien –le dijo Nathan–, ¿quieres que lo intentemos juntos?

El niño lo miró como si fuese su héroe y Amanda tragó saliva al darse cuenta de que, de no haber perdido a su hijo, tal vez hubiese tenido más o menos la misma edad que aquel.

El corazón se le encogió solamente de pensarlo.

–Si a la señorita Amanda le parece bien, por supuesto –añadió Nathan.

–Cuando el sheriff estaba en el instituto, era muy buen tirador –le contó ella al niño.

Nathan sonrió al oír aquello.

–¿De verdad? –preguntó Carter.

–Venga, sheriff –le dijo Amanda, apartándose para dejar que Nathan tirase la pelota–. Demuéstranos lo que sabes hacer.

–Vamos a ver.

Tiró la pelota y derribó tres bolos al suelo. Carter gritó emocionado y hasta Amanda tuvo que aplaudir.

–¡Ha ganado, sheriff! –aplaudió el niño–. ¡Bien!

Amanda tomó uno de los osos de peluche que había en las estanterías y se lo ofreció a Nathan, quien, a su vez, se lo dio a Carter.

–A mi hermana le va a encantar. ¡Gracias, sheriff! –dijo el niño, alejándose abrazado al oso.

Amanda miró a Nathan y le sonrió.

–Eso ha estado muy bien.

–Carter es un buen chico –dijo él, encogiéndose de hombros y apoyando la cadera en el puesto, mirándola de arriba abajo–. ¿Qué haces aquí?

–Patti Delfino tenía que ocuparse de su bebé y me he ofrecido a ayudarla.

–No te ha costado mucho hacerte un hueco en Royal, ¿verdad?

–No –admitió ella.

Aunque lo que sí que le costaba era tenerlo cerca. No sabía lo que había entre ambos ni lo que iba a ocurrir después. Habían compartido una noche increíble y luego... nada. Bueno, salvo que Nathan iba varias veces al día a la cafetería. Pero no habían vuelto a estar a solas y ella no podía desearlo más.

¿Le ocurriría lo mismo a él? ¿O solo habría querido un encuentro de una noche?

¿Una especie de despedida?

Tenía tantas preguntas sin respuesta que se estaba volviendo loca.

Una niña pequeña se acercó al puesto y tocó a Nathan en el brazo para que la mirase.

–Yo también quiero un osito –le dijo.

–¿No me digas? –respondió él sonriendo–. Al parecer, Carter ha ido contando por ahí cómo ha conseguido el suyo.

–¿Y qué va a hacer al respecto, sheriff? –bromeó Amanda.

Él se metió la mano en el bolsillo y sacó un billete de veinte dólares.

–Supongo que volver a intentarlo.

La niña aplaudió emocionada y Amanda le dio tres pelotas. Unos minutos después, estaba rodeado de niños que querían que les consiguiese un muñeco.

Amanda lo observó. Vio cómo le brillaban los ojos de la alegría, lo vio reír con los pequeños y una parte de ella lloró por lo que podían haber tenido juntos. A Nathan se le daban muy bien los niños. Habría sido un padre maravilloso...

Un rato después no quedaban más peluches y todos los niños se habían marchado con sus premios. Cuando estuvieron de nuevo a solas, Nathan le dijo a Amanda:

—Parece que ya no tienes nada que hacer. ¿Qué tal si buscamos a Patti para darle la caja y luego vienes a comer con Jake y Terri y conmigo?

—¿No estás de servicio?

—Puedo vigilar el parque, y a ti, al mismo tiempo.

A Amanda le gustó oír aquello, tomó la caja con el dinero y se acercó a él.

—Creo que te dejaré hacerlo.

Él la agarró de la mano y, mientras andaban entre la gente, Amanda se sintió bien.

El resto del día pasó casi sin que se diese cuenta. Cuando había vivido en la ciudad, había visto los fuegos artificiales sola, sentada en el balcón de su casa. Nunca le había apetecido salir con amigos. Siempre había deseado estar allí, en casa.

Y la vuelta no la estaba decepcionando.

Después de comer con Jake, Terri y los niños, Nathan y Amanda pasaron el resto del día con ellos. Nathan tuvo que ir a resolver un par de problemas, pero volvió. Y Amanda lo vio muy relajado con su familia. Más dispuesto a pasarlo bien que nunca.

Justo antes de que empezasen los fuegos artificiales, los hombres se llevaron a los niños a comprar unos helados y Amanda y Terri se quedaron esperando, sentadas en la manta.

–Me alegra que hayas vuelto a casa –le dijo Terri de repente.

–Yo también estoy muy contenta –admitió ella, mirando a su alrededor y diciéndose que, ocurriese lo que ocurriese con Nathan, se quedaría allí–. He echado mucho de menos este lugar.

–Umm –dijo Terri–. ¿Has echado de menos Royal? ¿O a Nathan?

–Por desgracia, ambas cosas –admitió ella, sabiendo que Terri la conocía demasiado bien como para no contestarle la verdad–, pero eso no significa nada.

–Por supuesto que sí –replicó Terri–. Significa que estáis hechos el uno para el otro. Todo el mundo lo sabe.

–Todo el mundo, menos Nathan –le respondió Amanda a su amiga.

Terri era menuda y estaba muy guapa con un vestido de tirantes rosa. Llevaba el largo pelo moreno recogido en una trenza.

Terri se comió una galleta antes de volver a hablar.

–Nathan ha estado de los nervios desde que volviste.

–Estupendo. De los nervios.

–No me puedo creer que no sepas más de hombres. Que estén nerviosos es lo mejor. Así nunca están seguros de lo que van a hacer.

–¿Y eso es bueno? –preguntó Amanda riendo.

–Sin duda. ¿Preferirías que Nathan estuviese relajado y contento teniéndote cerca?

Amanda tuvo que admitir que Terri tenía razón. Se quitó las sandalias y se sentó con las piernas cruzadas. Apoyó los codos en las rodillas y la barbilla en las manos y miró a su amiga.

–Entonces, ¿tú siempre mantienes a Jake en vilo?

–Por supuesto. ¿Por qué piensas que me adora si no?

–Porque es lo suficientemente inteligente como para saber la suerte que tiene.

–Bueno, eso también –dijo Terri riendo–, pero, sobre todo, porque siempre tiene que estar alerta conmigo. Nunca sabe qué es lo siguiente que voy a hacer.

Terri tomó otra galleta y Amanda sacudió la cabeza.

–¿Cómo puedes estar tan delgada, con todo lo que comes?

–Pronto engordaré –respondió su amiga–. Estoy embarazada otra vez.

Amanda no pudo evitar sentir envidia. Terri tenía tres hijos maravillosos y un marido que la adoraba. Se alegraba por ella, pero era difícil no desear tener una vida igual de plena.

–Lo siento, cariño –le dijo Terri al ver su expresión–. No pretendía hacer que te sintieses mal.

–No seas tonta –respondió ella–. Me alegro por ti. Es solo…

Miró hacia donde estaba Nathan con su hermano y los niños y luego añadió:

–Que a veces me gustaría que las cosas fuesen diferentes.

Terri suspiró.

–Tal vez haya llegado el momento de intentar hacer que lo sean.

Y ella se dijo que tal vez fuese cierto. Tal vez hubiese llegado el momento de luchar por lo que quería. Y lo que quería era a Nathan.

Cuando los fuegos artificiales empezaron, Nathan se sentó a su lado y Amanda apoyó la espalda en su ancho pecho. Miraron al cielo, lleno de explosiones de luz y color, y Nathan la abrazó a pesar de estar rodeados de gente. Y Amanda se sintió como si fuesen las dos únicas personas del mundo.

***

A la mañana siguiente, Amanda se despertó con un beso de Nathan en la nuca. Sonrió y empezó a recordar la noche anterior. Después de los fuegos artificiales, habían ido a su apartamento y habían hecho que volviesen a saltar chispas entre ellos.

–Buenos días.

–Umm –murmuró él, acariciándole la curva de la cadera–. Muy buenos.

Amanda sonrió y suspiró al notar su mano en el trasero. El día anterior había vuelto a cambiar algo. Quizás porque habían pasado varias horas con la familia de Nathan. O tal vez porque ambos se habían dado cuenta de que querían estar juntos.

En cualquier caso, Nathan se había quedado a dormir con ella sin dedicar ni un solo pensamiento a los rumores.

Nathan le acarició un pecho y Amanda se giró hacia él para mirarlo. Pensó que jamás podría cansarse de aquello. Llevó una mano a su rostro y se lo acarició.

–Me alegro de que te quedases anoche –le dijo sonriendo.

–Yo también –admitió él, dándole un beso–. Y me encantaría poder quedarme un rato más, pero tengo que irme a trabajar.

Ella miró por la ventana. Estaba empezando a amanecer.

–Yo también.

Él le dio otro beso y fue tan tierno que a

130

Amanda se le encogió el corazón. Aquello era lo que quería. A Nathan.

Él la miró a los ojos y añadió:

–Tal vez pueda quedarme otro rato.

Ella asintió.

–Yo también puedo entretenerme un poco más.

Y, en esa ocasión, cuando la besó, se olvidó de todo lo demás y se dejó llevar por aquel placer que solo Nathan podía causarle.

–¿Has oído eso? –le preguntó Pam a J.T., parándose frente a él para rellenarle la taza de café.

–¿El qué?

–Hannah Poole le estaba contando a Bebe Stryker que el coche de Nathan ha estado toda la noche aparcado delante de la cafetería.

J.T. suspiró y sacudió la cabeza.

–¿Y qué más te da?

Ella lo miró como si se hubiese vuelto loco.

–Todo el pueblo está hablando de Nathan y Amanda. Como la cosa se ponga fea, él se volverá a marchar.

–No lo creo –murmuró J.T., pero Pam no lo escuchó.

–No me puedo creer que Amanda haya vuelto con él –continuó Pam–. Ni que Nathan quiera estar con ella. Después de lo que hizo…

–Pensé que no te gustaban los cotilleos –le dijo su amigo.

–Y no me gustan.

–En ese caso, tal vez debieras concederle a tu hermana el beneficio de la duda. Yo jamás creí lo que se dijo de ella.

–¿Vas a ponerte del lado de Amanda?

–No voy a ponerme de parte de nadie –la corrigió su amigo–. Solo te estoy diciendo que eres su hermana. Deberías conocerla mejor que nadie. Y me parece que tú tampoco creíste nunca aquello que se rumoreó.

Pam se puso colorada, no le gustaba que le hiciesen sentirse culpable.

–Amanda, siempre Amanda. Nathan nunca me ha mirado como la mira a ella. ¿Cómo se puede estar tan ciego?

–Lo mismo me estaba preguntando yo –le contestó J.T., levantándose y dejando el dinero encima de la barra–. Hasta mañana, Pam.

Ella lo vio marcharse y se sintió culpable por haber discutido con él, pero, teniendo en cuenta que era su mejor amigo, tenía que haber comprendido cómo se sentía. Y haberse puesto de su parte.

Cuanto más lo pensaba, más se enfadaba. Y ver que Hannah Poole se acercaba a otra mesa, a continuar extendiendo los rumores, fue el empujón que le faltaba para ir a enfrentarse con su hermana.

***

–¿Se puede saber qué te pasa?

Pam irrumpió en el despacho que había en la parte trasera de la cafetería varias horas después. El sol de la mañana entraba por la ventana y el ambiente olía a café y a bollos de canela. Amanda suspiró y dejó el bolígrafo encima de la mesa.

Al verla tan enfadada, se preguntó si lo que su amiga Piper le había dicho acerca de que le tenía celos podía ser verdad. En cualquier caso, no iba a dejar a Nathan solo para que Pam se sintiese mejor.

–¿De qué estás hablando?

Pam cerró la puerta y se apoyó en ella.

–Sabes muy bien a qué me refiero, Amanda. Todo el pueblo está hablando de ti. Y de Nathan.

A Amanda se le encogió un poco el estómago, aunque ya había sabido que iba a ocurrir. Habían empezado a hablar de ellos al verlos cenando juntos en el club. Y que Nathan hubiese dejado el coche aparcado delante de su casa toda la noche había sido la guinda.

–Ya lo sé –dijo, encogiéndose de hombros–, pero no puedo hacer nada al respecto.

–Podrías empezar por no ir detrás de él –replicó Pam, apartándose de la puerta para acercarse a la ventana que daba al aparcamiento que había detrás de la cafetería.

Amanda estaba dispuesta a hablar con su hermana y a tratar de limar asperezas con ella, pero no iba a quedarse allí sentada y permitir que la atacase sin defenderse.

–¿Ir detrás de él? –repitió, levantándose–. No voy detrás de Nathan, nunca lo he hecho.

Pam se giró y la fulminó con la mirada.

–Y te encanta poder decir eso, ¿no?

–Es la verdad.

Pam se echó a reír, se acercó al escritorio y se puso enfrente de Amanda.

–¿Y eres mejor por ello? Porque es la verdad. Nathan siempre fue detrás de ti y ahora está volviendo a hacerlo.

Por un instante, Amanda pensó que su hermana se iba a poner a llorar y se sintió fatal, pero se recuperó en cuanto Pam volvió a hablar.

–Hannah Poole está ahí afuera ahora mismo –le dijo, señalando la cafetería con un dedo–, contándole a todo el mundo que ha visto el coche de Nathan aparcado delante de tu casa toda la noche.

Amanda ya se lo había esperado, solo tendrían que dar tiempo a que la cosa se calmase.

–¿Y es culpa mía? –preguntó.

–Por favor –dijo Pam, arrastrando la silla por el suelo–. No finjas que no haces todo lo posible para que se fije en ti. Abres mucho los ojos, le pones voz melosa.

Amanda se echó a reír. ¿Cómo era posible que no se hubiese dado cuenta de los celos de su hermana hasta entonces?

–¿De qué estás hablando?

–Cuando rompisteis, se quedó destrozado –le contó Pam, tomando aire y volviendo a expulsarlo antes de añadir–: Estuvo tres años sin venir a Royal. Y solo vio a su hermano cuando Jake iba a Houston a visitarlo.

Amanda pensó que ambos se habían perdido muchas cosas. Habían sido tan jóvenes que no habían sabido reaccionar bien. Habían roto el contacto entre ellos, pero también con sus familias y amigos. Ese era un tiempo que no podrían recuperar, pero, con un poco de suerte, habrían aprendido algo de todo aquello.

No obstante, Amanda no sabía si volvería a confiar completamente en él. Nathan no la había creído. No la había querido cuando más lo había necesitado.

–Yo tampoco vine por aquí, ¿recuerdas?

Pam hizo un ademán, como si aquello no tuviese ninguna importancia.

–Nathan no quería volver para no enfrentarse a los rumores.

–¿Y?

–Que está ocurriendo otra vez –dijo Pam, cruzándose de brazos–. Y, como siempre, es culpa tuya.

De repente, Amanda perdió la paciencia con su hermana. De niña, siempre que habían tenido una discusión, había retrocedido ante ella, pero no volvería a hacerlo. Ambas eran adultas y Pam llevaba semanas fastidiándola. Tenían problemas, y podían solucionarlos o no, pero lo que no iba a permitir era que su hermana se interpusiese entre Nathan y ella.

–No es asunto tuyo, Pam. Así que retrocede.

Pam la miró sorprendida, pero no tardó en recuperarse.

–No voy a retroceder. La que siempre ha estado aquí he sido yo, Amanda. He visto lo que le hiciste a Nathan antes y te estoy diciendo que dejes de arruinarle la vida.

–¿Arruinarle la vida? ¿No te parece un poco dramático?

–Si los rumores continúan, volverá a marcharse.

–¿Y no se te ocurre pensar que también están hablando de mí? –le preguntó Amanda.

–Eso es por tu culpa –replicó Pam–. Lo has engañado para llevártelo a la cama y querías que todo el mundo viese su coche delante de tu casa.

–No lo he engañado para llevármelo a la cama, Pam.

–No te ha hecho falta –dijo su hermana, parpadeando frenéticamente para evitar llorar–. Basta con que estés ahí para que Nathan no pueda ver nada más.

A Amanda no le gustó ver así a su hermana, pero no podía renunciar a Nathan por ella.

–Sigo sin entender por qué es culpa mía o qué tienes tú que ver en todo eso.

–Por supuesto que no –dijo Pam con exasperación–. Y el tema me preocupa porque Nathan me importa. Cuando volvió a casa, fui yo quien lo ayudó a instalarse. Estuvo mal mucho tiempo y no quiero volver a verlo así.

Eso Amanda lo podía entender. Ella tampoco quería ver sufrir a Nathan, porque eso significaría que lo que tenían, fuese lo que fuese, había vuelto a romperse. Y solo de pensarlo se le encogió el estómago. Jamás iba a olvidarse de él. ¿Cómo iba a hacerlo, si estaba enamorada?

Atónita al darse cuenta de aquello y preocupada por lo que eso podía significar para su presente y, sobre todo, para su futuro, se dejó caer en la silla. No había pensado en el amor. Solo había querido hacer las paces con sus recuerdos, no construir recuerdos nuevos.

Estaba metida en un buen lío. Sintió náuseas.

–Eh –dijo Pam, preocupada de repente–. ¿Estás bien?

–No –admitió ella, tapándose la cara con las manos.

Todavía estaba enamorada de Nathan y ni siquiera sabía si podía confiar en él. ¡No sabía lo que sentía por ella! Siete años antes, nunca le había dicho que la amase y la había abandonado en cuanto no había tenido la obligación de casarse con ella.

En realidad, había sido ella la que había cancelado la boda, sí, pero Nathan no había luchado por ella. Se había limitado a marcharse, como si perderla a ella, y a su bebé, no hubiese significado nada.

—Lo cierto es que no me encuentro bien.

—No será una treta barata para terminar con la discusión, ¿verdad?

Amanda se rio con ironía y miró a su hermana a los ojos.

—Te aseguro que me encantaría que todo fuese una treta.

Capítulo Nueve

El verano avanzaba como un tren de mercancías desenfrenado. Las temperaturas eran altas y los ánimos estaban todavía más caldeados, así que Nathan se pasaba la mayor parte del tiempo resolviendo disputas. Nada fuera de lo normal, salvo por el hecho de que no estaba con la cabeza fría.

No lo había estado desde que había pasado aquella noche con Amanda junto al río.

Solo en su despacho, recordó cómo había sido despertar a su lado a la mañana siguiente y volver a hacerle el amor.

—Menos mal que tenías un plan —se recriminó a sí mismo en un murmullo antes de darle un sorbo a su café.

No solo no había conseguido olvidarse de ella, sino que no era capaz de pensar en otra cosa.

Y lo peor era que no sabía cómo reparar el daño ya hecho, en especial, porque lo único que quería era volver a hacerle el amor.

No quería desearla, quería ser libre. ¿O no? Se pasó una mano por el rostro para intentar borrar todos aquellos pensamientos de su mente y, para distraerse, miró a su alrededor. Se había conformado con lo que tenía hasta que Amanda había vuelto al pueblo, pero en esos momentos quería más.

La quería a ella.

El problema era… cómo conseguirla.

El sexo era estupendo, y era lo fácil. Lo que quería sería más difícil.

Y podía admitir, al menos a sí mismo, que lo quería todo.

No solo a Amanda, sino también deseaba la vida que podían tener juntos. Una casa… una familia…

Pero sabía que el pasado todavía se interponía entre ellos.

Se recostó en la silla, apoyó los pies en la mesa y clavó la vista en el techo. Y entonces se dijo que tal vez el pasado tuviese que quedarse donde estaba. Que tal vez no hiciese falta diseccionarlo. Tal vez pudiesen aprender de él y seguir adelante.

La confianza iba a ser un problema entre ambos durante algún tiempo, pero podía demostrarle a Amanda que estaba con ella.

Asintió y empezó a imaginarse el futuro. Amanda y él viviendo en su casa del rancho, teniendo hijos que jugarían con los de Jake y Terri. Se imaginó las noches y las mañanas en la cama, abrazados. Era lo que debían haber tenido años atrás.

Y lo que podían tener.

Cuando la puerta se abrió, Nathan miró hacia ella con el ceño fruncido.

–Veo que te alegras de verme –le dijo Chance.

–Lo siento, estaba pensando –respondió él, bajando los pies y levantándose de la silla para saludar a su amigo–. ¿Cómo estás?

Chance llevaba el pelo rubio despeinado, como si se hubiese pasado los dedos por él, y no era capaz de mirar a los ojos a Nathan.

–¿Va todo bien, Chance?

–Lo cierto es que no –murmuró su amigo, frotándose la nuca y cerrando la puerta del despacho.

–¿Qué ocurre?

–Nathan, no estaría aquí si no pensase que tienes que saber lo que la gente está diciendo.

Él sacudió la cabeza. Siete años antes también había sido Chance el que le había contado los rumores que corrían por el pueblo de que Amanda había terminado con su embarazo. Por aquel entonces, Nathan lo había escuchado, pero en realidad no le había hecho preguntas.

En esa ocasión no iba a hacer lo mismo.

–No quiero oírlo –le dijo a Chance, dándose la vuelta para acercarse a un archivador que había en la pared de enfrente.

–Ya lo sé –le respondió su amigo con firmeza.

Nathan se giró hacia él.

–Me da igual lo que diga la gente, Chance –afirmó.

En cuanto aquellas palabras salieron de su boca, Nathan se dio cuenta de que eran sinceras. No sabía por qué, pero no le importaba ser el centro de los rumores.

No iba a escuchar lo que decían de Amanda. En el pasado había cometido errores, y no iba a repetirlos.

–Pues será mejor que me escuches –le advirtió su amigo–. Dicen que no eres el único que se está acostando con ella, sino que sale del pueblo a ver a otro. Así que, si esta vez vuelve a quedarse embarazada, ¿cómo sabrás quién es el padre?

Nathan cerró los puños y dio un paso hacia uno de sus mejores amigos.

Chance levantó ambas manos y retrocedió.

–Eh, yo no he dicho que piense que es verdad.

–Entonces, ¿por qué has venido a contármelo?

–No quería hacerlo, pero, si quieres tener una vida con Amanda, será mejor que encuentres al que habla así de ella.

Chance tenía razón. Años antes alguien había extendido falsos rumores sobre ellos y en esos momentos estaba volviendo a ocurrir.

–Estoy completamente de acuerdo –murmuró muy serio–. Encontraré al culpable y cuando lo haga…

Un par de días después, la cafetería estaba llena y Amanda todavía no podía creer que estuviese enamorada. Estaba estresada porque no podía contarle a nadie lo que sentía por Nathan y, además de eso, estaba Pam.

Miró a su hermana de reojo. La relación con ella seguía tensa, pero al menos no habían vuelto a discutir.

—¿Va todo bien?

Amanda se giró y se obligó a sonreír a Alex Santiago. Le rellenó la taza de café y dejó la cafetera en la barra.

—Todo bien —mintió.

Él la miró fijamente y añadió:

—Pues nadie lo diría.

—¿Qué tal tú? —le preguntó ella, dándose cuenta de que no tenía en los labios su habitual sonrisa—. ¿Estás bien?

—Sí, es solo que… —empezó, encogiéndose de hombros—. Ya sabes, a veces uno tiene demasiadas cosas en la cabeza.

—Sí, te comprendo.

—Pero no te preocupes por mí. Todo irá bien, ya verás.

Amanda habría intentado sacarle algo más si no hubiese sido porque alguien hizo un ruido para llamar su atención.

—Amanda, cielo, ¿cuánto tiempo va a tardar

mi hamburguesa? –preguntó John Davis–. Estoy muerto de hambre.

Alex se echó a reír.

–Ve a alimentarlo antes de que perezca.

Ella puso los ojos en blanco y le dio una palmadita a Alex en la mano.

–Sí, pero, si necesitas algo, házmelo saber.

Alex le tocó la mano y le dijo:

–Tienes un corazón de oro.

Amanda fue a por la comida de John sin dejar de pensar en Alex, pero cuando volvió a la barra ya se había marchado. El café caliente se había quedado en la taza y había un billete de cinco dólares al lado. Amanda lo tomó con el ceño fruncido y miró por la ventana que daba a la calle. Alex se alejaba de allí a toda prisa.

Un par de días más tarde, Nathan contestó al teléfono en su despacho y sonrió.

–Alex. ¿Qué pasa?

–No mucho –respondió su amigo–. ¿Vas a ir a la reunión del club esta noche?

–Sí –repuso él, suspirando con cansancio–. Beau Hacket sigue protestando por la guardería, así que supongo que tendré que ir para mantenerlo a raya.

–Bien. Después de la reunión me gustaría hablar a solas contigo.

Nathan frunció el ceño, preocupado.

–¿Va todo bien?

–Sí –respondió Alex–, solo quiero hablar contigo.

–Por supuesto. Podemos cenar juntos.

–Me parece bien, hasta luego.

–Hasta luego –dijo Nathan, colgando el teléfono y quedándose con la cabeza llena de preguntas.

Esa noche, en la reunión del club, Nathan deseó no estar allí. Habría preferido mil veces estar con Amanda.

¿Cómo era posible? Se rio de sí mismo. No sabía qué había entre ellos, pero estaba seguro de que no quería que terminase.

¿Era amor? No lo sabía. Había pensado que la quería siete años antes, pero lo que sentía en aquellos momentos era diferente. Más fuerte.

Recorrió el salón con la vista, pero no miró a nadie a los ojos. Todo el mundo estaba charlando, pero él no estaba de humor. No lo estaría hasta que no averiguase quién quería hacerle daño a Amanda.

También tenía que averiguar qué le pasaba a Alex. Miró la silla vacía que había a su lado y se preguntó dónde estaría. No había ido a la reunión y ya casi se estaba terminando. No obstante, el tema de Amanda le importaba más.

Se preguntó si el culpable de extender los

falsos rumores podía estar allí, pero no entendió qué podía ganar nadie haciendo aquello.

Varias personas levantaron el tono y él volvió al presente. Estaban los mismos de todas las semanas, teniendo las mismas discusiones de siempre.

Su mirada se cruzó con la de Chance, que estaba sentado al otro lado de la mesa, y ambos sonrieron.

–¿Cómo vamos a poner una guardería en la sala de billar? –estaba preguntando Beau–. Los padres fundadores deben de estar revolviéndose en sus tumbas.

Varios hombres le dieron la razón, y fue entonces cuando Nathan decidió hablar.

–Ya nadie juega al billar, Beau –le dijo–. ¿Cuándo fue la última vez que jugaste tú?

–No se trata de eso, Nathan Battle, y tu propio padre se sentiría muy decepcionado si te viese poniéndote de parte de esas mujeres –replicó Beau señalándolo con un dedo, como si estuviese hablando con un niño de diez años.

Chance se echó a reír y Nathan se dio cuenta de que todo el mundo lo estaba mirando.

–Mi padre habría sido el primero en tirar esa vieja mesa de billar, y te habría convencido para que ayudases a convertir esa sala en una guardería.

Beau se puso colorado, pero no respondió.

–¿Por qué no terminamos la reunión y nos

vamos a casa? –sugirió Nathan, mirando a Gil Addison, que le guiñó un ojo y asintió antes de golpear la mesa con su mazo.

–La reunión ha terminado –anunció Gil un segundo después–. Hasta la semana que viene.

Todo el mundo se levantó de la silla y Beau fue el primero en marcharse.

–Buen discurso –le dijo Abby a Nathan a modo de despedida.

Él sonrió y luego se giró hacia Chance.

–Has sabido callar a Beau muy bien –le dijo su amigo.

–No es tan difícil –respondió él–. Ese hombre procede de la Edad de Piedra. No sé cómo su esposa, Barbara, lo aguanta.

–Debe de tener sus virtudes.

–Supongo –dijo Nathan, volviendo a mirar a su alrededor.

Alex no había aparecido y eso no le gustó. Estaba empezando a tener un mal presentimiento y tenía que hacer algo al respecto.

–¿Has visto a Alex?

–No, lo vi hace un par de días en la cafetería, hablando con Amanda.

Nathan se dijo que tal vez le hubiese surgido algo, pero, entonces, lo habría llamado para decirle que no podía cenar con él.

–Es raro que se haya perdido la reunión.

–Tal vez haya quedado con alguien. O no tuviese ganas de ver a Beau. A mí no me apetecía nada –comentó Chance.

–Ya, pero has venido de todas formas –le dijo Nathan–. Voy a pasarme por casa de Alex a ver si está allí.

–Antes de que te marches –le dijo Chance mientras ambos salían por la puerta–. ¿Has averiguado algo acerca de quién se dedica a extender los rumores?

–No, todavía no.

Había empezado a hacer preguntas por el pueblo, pero a casi todo el mundo le daba vergüenza hablar con él del tema.

No obstante, terminaría encontrando al culpable.

–Últimamente están pasando muchas cosas extrañas –murmuró Nathan a la mañana siguiente–. Alex ha desaparecido y ahora esto en la cafetería. No creo que ambas cosas estén relacionadas, pero es muy raro.

–Desde luego –le respondió Amanda, con el estómago hecho un nudo por los nervios–. Al volver de tu casa, subí a mi apartamento a darme una ducha. Después bajé a abrir la cafetería y me encontré con esto. Por eso he ido a buscarte.

–Has hecho lo correcto –le aseguró Nathan, entrando en el local–. Tú quédate fuera.

–De eso nada –replicó ella, entrando también–. Es mi casa, Nathan. No voy a quedarme fuera.

–Bueno, pero quédate detrás de mí y no toques nada.

Entraron por la puerta de atrás, directamente a la cocina. Amanda miró a su alrededor, todavía incapaz de creer lo que estaba viendo.

La plancha estaba toda rota, como si la hubiesen golpeado con un martillo. Había harina y botes de especias rotos por todo el suelo. Los platos estaban rotos y los cajones vacíos. En resumen, la cocina era un caos.

–Alguien lo ha destrozado todo –murmuró Nathan para sí mismo.

–Si hubiese estado en casa anoche, lo habría oído –comentó ella enfadada.

–Sí. Es curioso, que hayan esperado a que estuvieses conmigo en el rancho para hacer esto.

–¿Y quién sabía que estaba contigo? –preguntó Amanda–. Probablemente, medio pueblo. Todo el mundo me vio salir contigo anoche.

–Sí –respondió él–, pero ¿cuántos sabían que ibas a quedarte a dormir?

Amanda se quedó pensativa y se dio cuenta de que Nathan tenía razón. Intentó hacer mentalmente una lista de las personas que podían haber sabido que iba a pasar la noche con él.

–Pam. Y Piper. Se lo dije a Piper. Y Terri. A lo mejor ellas se lo dijeron a alguien, pero no se me ocurre quién ha podido hacer esto.

–Lo averiguaremos –le aseguró él–. Haré que busquen huellas, aunque pasan tantas personas por aquí todos los días que no será fácil.

–No. Cuando he entrado y he visto esto, he sentido miedo. Ahora lo que estoy es enfadada –admitió Amanda–. Vamos a tener que cerrar varios días.

–Tal vez no sea para tanto –la tranquilizó él–, pero sí que vais a necesitar una plancha nueva.

Ella suspiró e intentó ver las cosas de manera positiva.

–Bueno, esta tenía más años que yo, así que no pasa nada. Cuando hayáis terminado con lo de las huellas llamaré a Pam para ponernos a limpiarlo todo.

Nathan sonrió, sacudió la cabeza y le dio un abrazo.

–Eres increíble, Amanda Altman.

–Gracias, sheriff –respondió ella, esbozando una sonrisa antes de ponerse seria–. Esto es un desastre, pero sé que estás preocupado por Alex. También es importante que lo encuentres a él.

–En realidad, no sé por qué me preocupo –admitió él–. Puede haberse ido de viaje y que no lo sepamos.

–Sí, pero has dicho que quería hablar contigo. ¿No crees que te habría llamado para decirte que no iba a poder ir?

–Sí –repuso él–. ¿A ti no se te ocurre nada

más? ¿De qué te habló cuando vino a la cafetería el otro día?

—De nada en particular. Parecía distraído. Tal vez preocupado, pero no me contó nada.

Nathan sacudió la cabeza.

—Es muy extraño. Todo.

—Sí –dijo ella, abrazándolo con fuerza antes de soltarlo–. Tengo mucho trabajo por delante, sheriff. Así que voy a ponerme con él mientras tú vas a encontrar a Alex y a averiguar quién ha hecho esto.

Capítulo Diez

Nathan pasó varios días muy frustrado, intentando encontrar respuestas a sus preguntas. No pudo localizar a Alex Santiago y no tenía ni idea de quién había destrozado la cocina de la cafetería. Con respecto a Alex, sus presentimientos eran cada vez peores, y en lo relativo a Amanda...

Aquello era personal. Alguien quería hacerle daño y él no iba a permitirlo. Amanda era suya y nadie iba a molestarla y salir indemne de ello.

Por supuesto, todavía no había hablado con ella de su futuro juntos. Quería tomarse su tiempo, seguir seduciéndola y que fuese acostumbrándose a tenerlo en su vida antes de pedirle que se casase con él.

En esa ocasión, quería hacer las cosas bien.

Podía tener paciencia con ella, pero no con la persona que quería hacerle daño.

El teléfono sonó y él respondió inmediatamente.

–Oficina del sheriff.

–Hola.

–Chance –dijo él, poniéndose recto y tomando papel y lápiz por si tenía que apuntar–. ¿Te has enterado de algo?

–De nada –respondió su amigo disgustado–. Nadie ha visto a Alex.

–Maldita sea –dijo Nathan, tirando el lapicero–. Yo hablé ayer con Mia Hughes, el ama de llaves de Alex. Hace días que no pasa por casa.

–¿Dónde se habrá metido?

–No lo sé, Chance. Parece que ha desaparecido de la faz de la Tierra.

–Pues yo estoy empezando a preocuparme, Nate –le dijo su amigo–. Esto no es normal en él.

Nathan también estaba preocupado. No entendía que nadie en Royal hubiese visto a Alex. ¿Por qué se había marchado sin decírselo ni siquiera a Mia?

Allí pasaba algo y a Nathan no le gustaba nada.

Normalmente, los problemas con los que tenía que enfrentarse en Royal eran travesuras de niños o alguna disputa entre vecinos, pero en esos momentos había un hombre desaparecido y una cafetería destrozada.

–¿Alguna noticia con respecto a la cafetería? –preguntó Chance.

–No –respondió él, sintiéndose impotente.

No encontraba a su amigo y tampoco era capaz de descubrir quién había entrado en el local de Amanda.

Aunque con respecto a eso último tenía alguna sospecha. Si estaba en lo cierto le demostraría a Amanda que podía confiar en él... a pesar de los errores de su pasado.

–¿Qué pasa en Royal este verano? –preguntó Chance.

–Me encantaría saberlo.

La ventaja de que hubiesen destrozado la cocina de la cafetería era que Amanda podía pasar más tiempo con Nathan.

Él no había querido que se quedase sola en el apartamento, así que Amanda se había ido a su casa del rancho.

No obstante, sabía que aquello era solo temporal.

–Supongo que ha llegado el momento de buscar una casa –dijo en voz alta.

–Tienes una casa –le respondió Terri–. Aquí mismo.

–Es la casa de Nathan –repuso ella, dándole un sorbo a su té–. Me encanta poder estar aquí con él, pero no voy a quedarme para siempre.

–Sinceramente, no sé cuál de los dos es más cabezota –comentó Terri suspirando–. Por cierto, ¿cómo va la cafetería?

–Podremos volver a abrir el lunes. Tenemos plancha nueva y Pam me está ayudando a limpiar y a ordenarlo todo.

–Un milagro, porque me parece que Pam no es precisamente de las que ayudan.

Amanda se echó a reír. A ella también la había sorprendido mucho que su hermana la ayudase.

–Es lo mejor de todo esto. Pam ha cambiado mucho esta semana y está tan amable que casi da miedo.

–Y solo ha hecho falta que destrocen la cafetería.

–En cualquier caso, me alegro de que haya cambiado.

A Amanda no le gustaba estar en guerra con su hermana.

Durante la última semana, habían trabajado juntas en la cocina. No se habían hecho amigas de repente, pero ya era algo. Y, si las cosas seguían así, habría merecido la pena sacrificar la cocina.

Terri dejó una bolsa de papel encima de la mesa de la cocina.

–Te he traído lo que me pediste.

A Amanda se le hizo un nudo en el estómago. Respiró hondo y espiró.

–Muchas gracias. Si hubiese ido a comprarlo yo se habría enterado todo el pueblo.

–Amanda…

–Me prometiste que no le dirías nada a nadie. Ni siquiera a Jake.

–Sí, pero quiero que sepas que estás loca. Deberías decírselo a Nathan.

–Lo haré –le aseguró ella–. Si es que hay algo que decir.

–Está bien. Hazlo a tu manera.

–Gracias.

–Ahora tengo que marcharme –le dijo Terri–, pero llámame si me necesitas. Tardaré solo diez segundos en llegar.

–Estoy bien, Terri, pero muchas gracias.

–De nada. Y espero que todo salga bien. Me gustaría mucho que te quedases a vivir en el rancho.

Cuando la puerta de la cocina se cerró detrás de su amiga, Amanda agarró su té y la pequeña bolsa de papel y salió de la habitación. Recorrió la casa de Nathan con la mirada y añadió mentalmente cojines y jarrones con flores.

Terri tenía razón. No quería comprarse otra casa, quería vivir allí, con Nathan, pero no podría hacerlo sin amor.

Llevaba casi una semana allí y estaba empezando a sentirse demasiado cómoda, pero nunca había hablado con Nathan de su futuro. Ni de amor.

A Amanda se le encogió el corazón al pensar aquello. No podía tener una relación con él si no tenía futuro. Y cuanto más tiempo se quedase allí, más difícil le resultaría marcharse.

Sobre todo, en esos momentos.

Se detuvo frente a la ventana que daba al

jardín. Vio jugando a los hijos de Jake y Terri y volvió a pensar que, si todo hubiese sido diferente, su hijo podría haber estado allí.

Tomó aire y subió las escaleras. Dejó la taza de té en la habitación principal y entró en el baño. Nathan estaba trabajando. No volvería en varias horas.

Así que no había mejor momento para encontrar respuesta a la pregunta que llevaba una semana haciéndose.

Pam tenía un aspecto horrible.

Eso fue lo primero que pensó Nathan cuando ella le abrió la puerta de su casa. Aquella era la respuesta que había estado buscando.

Había pasado horas dándole vueltas a lo ocurrido en la cafetería y siempre se le ocurría la misma respuesta: Pam.

Nadie más del pueblo tenía verdaderos problemas con Amanda y él había decidido seguir su instinto e ir a hablar con Pam. Tal vez, hacerla confesar.

—Nathan.

—Tenemos que hablar —le dijo él, entrando en la casa.

Las cortinas estaban cerradas y la casa se hallaba casi a oscuras. Él fue directo al salón, se quitó el sombrero y se giró hacia ella.

De repente, la vio con los ojos llenos de lágrimas.

–Nathan...

–Estás a oscuras –comentó él–. Y tienes muy mal aspecto. Y creo que hay un motivo para ello. La única persona que tiene algún problema con Amanda de todo el pueblo eres tú, Pam. Y nadie más podría haber entrado en la cafetería sin haber roto una ventana o forzado una puerta. Fuiste allí en mitad de la noche y destrozaste la cocina, ¿verdad?

–Te prometo que no fui allí con la idea de hacerlo –murmuró ella, abrazándose a sí misma–. Solamente fui a por una botella de vino. Y entonces, allí sola, empecé a pensar en ti. Y en Amanda. Y cuanto más lo pensaba, más furiosa me ponía y, cuando me quise dar cuenta...

–¿Por qué? ¿Por qué le haces eso a tu hermana? ¿A tu propio negocio?

Ella se limpió las lágrimas con ambas manos, tomó aire y dijo:

–Llevo enfadada tanto tiempo...

–¿Enfadada? ¿Por qué? –le preguntó él.

–Por ti.

–¿Por mí? ¿Qué quieres decir?

Ella se echó a reír.

–Soy una idiota.

–Pam, se me está agotando la paciencia. He tenido una semana muy mala y no tengo ganas de adivinanzas, así que dime lo que me tengas que decir.

–Está bien. Siempre he estado loca por ti,

Nathan, pero tú nunca me has mirado. Nunca me has visto.

–Pam…

Ella sacudió la cabeza y levantó una mano para hacerlo callar.

–Por favor, no digas nada. Bastante duro es tener que contarte esto –le dijo–. Tú siempre has querido a Amanda, ¿verdad?

–Eso es. Quiero que me cuentes si también has sido tú la causante de los falsos rumores, hace siete años, y ahora.

Ella tomó aire.

–Sí. He sido yo –admitió, dándose la vuelta para no mirarlo–. Qué pesadilla. No puedo creer lo que he hecho.

A Nathan no le dio pena, pero se sintió mal por no haberse dado cuenta de que Pam se estaba obsesionando con él. Si hubiese estado más atento, podía haberle ahorrado muchos disgustos a todo el mundo.

–Pam, fuiste diciendo por ahí que Amanda se había deshecho de nuestro bebé, ¿y pensabas que así me interesaría por ti?

–Jamás pensé que lo averiguarías –admitió ella en un susurro.

–¿Y por qué destrozaste la cocina de la cafetería?

–Ya te he dicho que no era mi intención, pero estaba tan enfadada… Durante unos minutos, perdí completamente la cabeza. Estaba tan furiosa con Amanda, por haber vuelto a casa, por haberte alejado de mí, que perdí los nervios.

Nathan no se conmovió, sino que apretó la mandíbula todavía más. Solo podía pensar que, por culpa de Pam, Amanda y él habían perdido siete años.

—No podía alejarte de mí porque tú y yo nunca hemos estado juntos.

Pam se dejó caer en una silla, se abrazó por la cintura y se balanceó.

—Lo sé. Y lo siento. De verdad. Lo siento por todo. He desperdiciado tanto tiempo… pero, Nathan…

—No hay excusas para nada de lo que has hecho —le advirtió él—. Y, si Amanda quiere denunciarte, te prometo que la apoyaré.

Al oír aquello, a Pam se le hizo un nudo en el estómago.

—¿Se lo vas a contar todo?

—No. Se lo vas a contar tú.

—Dios mío.

—Sí —continuó Nathan—. Amanda va a casarse conmigo en cuanto encuentre la manera de pedírselo. Y no voy a ser yo quien le dé la noticia de que su única familiar la ha traicionado.

—Está bien. Se lo contaré.

—Hazlo pronto —le dijo Nathan, saliendo de la casa con un portazo.

Siete años desperdiciados. Pero no todo era culpa de Pam y Nathan lo sabía. Tenía que reconocer que si hubiese confiado en Amanda jamás se habría creído los rumores.

Nathan todavía estaba furioso cuando llegó al rancho. Aparcó delante de la casa y se alegró de que fuese lo suficientemente tarde como para que su hermano y su familia estuviesen cenando.

Salió del coche e intentó calmarse antes de entrar a ver a Amanda. Tal y como le había dicho a Pam, no quería ser él quien le diese la noticia.

Al menos había resuelto un misterio, pero la desaparición de Alex seguía preocupándolo y frustrándolo. Estaba haciendo llamadas y hablando con todo el mundo, pero no había averiguado nada.

Sacudió la cabeza y miró hacia la casa y, a pesar de todo, notó que se relajaba un poco. Las luces estaban encendidas y, de repente, se dio cuenta de que le gustaba volver a casa y que Amanda estuviese esperándolo.

Era lo que quería. Volver a casa y encontrarse con la mujer a la que amaba. Porque sí, la amaba. Aunque no se lo había dicho todavía porque el pasado seguía interponiéndose entre ambos y sabía que, aunque ella no se lo hubiese dicho nunca, no confiaba plenamente en él. Y era normal, teniendo en cuenta lo ocurrido.

Pero conseguiría que confiase en él. Tenía que hacerlo.

Con el sombrero en la mano, se dirigió hacia el porche con paso firme, decidido a entrar en casa y decirle que iban a casarse. Amanda era una mujer sensata, no tardaría en darse cuenta de que era lo mejor. Se casarían allí mismo, en el rancho. Nathan subió los escalones del porche de dos en dos, sonriendo.

La puerta se abrió y apareció ella, mirándolo con los ojos muy abiertos.

–¿Amanda? ¿Estás bien?

–Estoy embarazada.

Capítulo Once

En realidad, Amanda se había imaginado que lo haría mucho mejor, no había pensado que se lo diría así, tan bruscamente, aunque lo cierto era que, aunque hubiese tardado quince minutos en contárselo, el resultado habría sido el mismo.

Lo miró y esperó lo que le pareció una eternidad a su reacción. ¿Se sentiría tan feliz como ella? ¿Se disgustaría? ¡Qué dijese algo!

Nathan se pasó una mano por la cara.

–¿Qué?

–Que estoy embarazada –repitió ella, emocionada.

–¿Estás segura?

–Sí –respondió riendo–. Al menos, la prueba ha dado positivo.

Nathan sacudió la cabeza.

–¿Cómo es posible?

–¿Te lo explico?

Él se echó a reír.

–No me refería a eso, sino a que hemos utilizado protección.

–Ya sabes que a veces falla –dijo ella–. Ya ocurrió hace siete años.

–Sí.

Nathan alargó la mano y le acarició la mejilla. Se preguntó si de verdad podían superar el pasado y aprender de él.

Amanda lo había hecho. Había superado el dolor y se había construido una nueva vida, había cambiado. Aunque sus sueños seguían siendo los mismos: Nathan, una familia. Tomó su mano y se la apretó con fuerza. Ella había tenido un par de horas para hacerse a la idea y se imaginó que Nathan tardaría al menos unos minutos en hacer lo mismo. Quería que también se sintiese feliz, pero, aunque no quisiera el bebé, ella lo quería.

Siete años antes había sido muy joven y había estado asustada, pero en esos momentos todo era diferente.

Tenía una casa, un trabajo, un lugar en el pueblo. Y, si era necesario, sería madre soltera.

–Es… –empezó él, entrando en casa y cerrando la puerta tras ellos–. Es estupendo.

Amanda se sintió aliviada.

–¿Estás contento?

–¿Contento? –repitió él riendo, tomándola en volandas y haciéndola girar en el aire–. Amanda, es como si tuviésemos una segunda oportunidad.

–Es lo mismo que he pensado yo.

–Podemos casarnos aquí en el rancho –continuó Nathan–. La verdad es que había planeado que nos casásemos de todos modos.

Ella se quedó de piedra al oír aquello.

–¿Has dicho que habías planeado que nos casásemos?

–Sí. Iba a decírtelo esta noche –admitió Nathan sonriendo–, pero tu noticia me ha estropeado el plan.

–El plan –repitió ella, sintiendo frío de repente.

–Había pensado que nos casásemos aquí, en el rancho.

–¿Sí?

De repente, Amanda empezó a revivir el pasado. Los planes de boda, el bebé. ¿Volvería a estropearse todo?

Nathan frunció un poco el ceño.

–No hace falta que la ceremonia sea en el rancho, pero me parecía lo más fácil. Terri te ayudará a organizarlo todo. Y yo también, pero todavía estoy buscando a Alex y…

Nathan lo tenía planeado y ella se sentía cada vez peor. De repente, se sentía decepcionada y también molesta. Aunque tenía que habérselo esperado de él. Siete años antes había hecho lo mismo y ella se lo había permitido porque había tenido la esperanza de que la amase. En esos momentos no iba a conformarse. Se apartó de él, se cruzó de brazos y miró al hombre al que quería desde que era una niña.

¿Cómo podía estar tan decepcionada y tan enamorada al mismo tiempo?

–Así que ya lo tienes todo planeado, ¿no? –le preguntó en tono frío.

–No todo, pero, entre los dos, no tardaremos en hacerlo.

–No, no vamos a tardar nada porque no voy a casarme contigo.

–Por supuesto que sí.

–No ha cambiado nada, ¿verdad? –dijo Amanda–. Hace siete años decidiste que teníamos que casarnos y yo accedí, pero ya no soy una niña, Nathan. Tomo mis propias decisiones. Y no voy a casarme cuando en realidad no es lo que quieres.

–¿Qué estás diciendo? –inquirió Nathan sorprendido.

–Estoy diciendo que me estás ofreciendo que me case contigo porque estoy embarazada. Porque es lo correcto.

Se dio la vuelta bruscamente y se alejó de él, entró en el salón. Nathan la siguió.

–Es lo correcto porque estamos hechos el uno para el otro –argumentó él.

–¿Tú crees?

Ella ya no estaba tan segura.

–Creo que deberíamos hablar de esto más despacio.

Ella sacudió la cabeza sin mirarlo, con la vista clavada en la ventana.

–No lo creo, Nathan.

Él la estaba mirando como si se hubiese vuelto loca y a Amanda casi le entraron ganas de sonreír. Nathan estaba tan acostumbrado a que lo obedeciesen que no sabía qué hacer cuando eso no ocurría.

Tomó aire e intentó explicarse.

–Nathan, sé que para ti es instintivo. Hacer lo correcto.

–¿Y eso es malo?

–No es malo, pero no es un motivo para casarse. La vez anterior te dije que sí porque estaba demasiado asustada para tener el bebé sola, pero he cambiado, Nathan. Y no quiero ser otra obligación más para ti. Quiero que me quieran, Nathan, si no, no voy a casarme.

Él levantó ambas manos.

–Pero si yo te quiero.

A ella le dolió oírlo. Si hubiese comenzado por aquello, tal vez las cosas serían distintas en esos momentos, pero no había hablado de amor hasta que no se había visto obligado a hacerlo, así que Amanda no podía confiar en él. ¿Cómo saber que no le había dicho aquello solo porque estaba dispuesto a cualquier cosa para ganar?

–Ojalá pudiese creerlo –le respondió ella después de unos segundos–. Ojalá.

–¿Por qué no me crees? ¿Tan difícil es de creer?

–Sí –respondió Amanda, alejándose todavía más.

No podía seguir cerca de él sabiendo que no podría tenerlo.

Necesitaba volver a casa, a su pequeño apartamento. Necesitaba pensar.

–Amanda –le dijo él, acercándose y mirándola a los ojos–. Puedes creerme. Te quiero.

–No, no me quieres. Solo quieres controlar la situación. Te he dicho que no me casaría sin amor y, de repente, has decidido que me querías.

–No ha sido de repente –la contradijo Nathan–. Llevo queriéndote casi toda la vida.

Eso la dejó inmóvil y le rompió el corazón. Amanda quería creerlo, lo quería de verdad, por su propio bien y por el del bebé. Pero ¿podía hacerlo? Y si se arriesgaba… si confiaba en él y se equivocaba… Tenía que pensar también en el bebé.

–Entonces, ¿por qué no me lo has dicho nunca antes, Nathan? –le preguntó ella en voz baja, con tristeza.

–No lo sé –murmuró Nathan, pasándose una mano por el pelo.

Ella tomó el bolso y buscó dentro las llaves del coche. Cuando las encontró, las sacó y dijo:

–Hasta que encuentres una respuesta a eso, no tenemos más de qué hablar. Ahora, me marcho a casa.

–Estás en casa, Amanda.

Eso le dolió todavía más. Había tenido la esperanza de que aquella fuese su casa. Se lo había imaginado, pero no podía tener lo que quería, al menos, sin tener antes lo que necesitaba. Y lo que necesitaba era que aquel hombre la amase de verdad.

–No es cierto –dijo, pasando junto a él.

Nathan la agarró del brazo.

–No te vayas.

Amanda bajó la vista a su brazo y después lo miró a los ojos.

–Tengo que hacerlo.

Él la soltó y Amanda tuvo que hacer un gran esfuerzo para bajar los escalones del porche. Antes de llegar al coche, miró atrás por encima del hombro y vio a Nathan allí, junto a la puerta abierta, observándola.

–Esto no se ha terminado –le dijo él.

Amanda lo sabía demasiado bien. Lo que sentía por Nathan no se terminaría jamás.

–Lo que quiero decirte, Amanda, es que lo siento –le dijo Pam esa noche.

Amanda miró a su hermana todavía aturdida, con incredulidad, menudo día había tenido. Embarazo sorpresa, propuesta de matrimonio sorpresa y… una hermana que la había odiado tanto que había intentado destrozarle la vida. Le entristeció mucho saber que su hermana estaba detrás de los rumores que la habían separado de Nathan, pero se dijo que él tenía que haber confiado en ella. Tenía que haberla querido lo suficiente como para saber que no eran verdad.

Y no lo había hecho.

—¿Qué es lo que sientes? —le preguntó en un susurro—. ¿Lo de los rumores o haber destrozado la cocina?

—Las dos cosas —respondió su hermana, dejándose caer en una silla que había junto al sofá en el que Amanda estaba hecha un ovillo.

El aire acondicionado del apartamento se había vuelto a estropear y hacía demasiado calor. Amanda tomó su vaso de té con hielo y le dio un buen sorbo mientras miraba fijamente a Pam. Su hermana tenía un aspecto horrible. Tenía los ojos rojos e hinchados de llorar, estaba despeinada y desprendía tristeza por todos los poros de su piel.

Amanda pensó que tendría que estar furiosa con ella por todo lo que le había hecho, pero lo cierto era que tenía el corazón demasiado roto como para que se le rompiese otra vez. Y la ira requería más esfuerzo del que en esos momentos podía hacer.

—Siempre sentí muchos celos de ti —le confesó Pam en voz baja.

—¿Por qué? —le preguntó ella, sacudiendo la cabeza—. Eres mi hermana mayor, Pam. Yo siempre te he admirado.

—Eras siempre la favorita. De papá y mamá, de los profesores, de Nathan.

—Ni siquiera sé qué responder a eso —admitió Amanda—. Mamá y papá nos querían a las dos y lo sabes.

–Por supuesto que sí, pero soy tan tonta que he querido pensar lo contrario desde niña y he permitido que eso me vuelva loca.

–Pam...

–No hace falta que digas nada, Mandy –susurró Pam–. He permitido que los celos me cieguen. Y, aunque no me creas, te aseguro que lo siento.

–Te creo.

Era curioso, Amanda podía aceptar las disculpas de su hermana, pero seguía sin confiar en Nathan. Qué día tan extraño.

Pam la miró sorprendida.

–¿De verdad?

–Sí. No es que me parezca bien lo que has hecho. Y vamos a tener que hablar más del tema, pero sigues siendo mi hermana...

Amanda podía entender mejor que nadie lo que era volverse loca por Nathan y perder el norte. Además, iba a necesitar a su hermana durante los siguientes meses. Podía criar a un hijo sola, pero quería que el bebé tuviese una familia. Una tía que lo quisiese.

Pam inspiró y espiró muy despacio, aliviada. Luego sonrió con cansancio.

–No esperaba que fueses a perdonarme tan fácilmente.

Amanda intentó devolverle la sonrisa, pero no pudo.

–Yo no he dicho que vaya a ser fácil. Vas a pagar todos los daños de la cafetería.

–De acuerdo.

–Y –continuó Amanda, aprovechando que su hermana estaba en un momento de debilidad–, vas a volver a ocuparte del papeleo.

Pam asintió.

–Solo te lo pasé a ti porque sé que lo odias, pero no me importa hacerlo. Siempre se me han dado bien los números.

–Sí, solía envidiarte por ello –recordó Amanda, dándose cuenta de que, por primera vez en años, estaba teniendo una conversación de verdad con su hermana–. Tal vez deberías pensar en volver a estudiar. Podrías hacer contabilidad.

Pam se quedó pensativa y sonrió.

–Tal vez lo haga.

Se metió el pelo detrás de las orejas y después añadió:

–Tengo que reconocer, Amanda, que estás siendo mucho más buena de lo que me merezco con todo esto.

–Has tenido suerte de habérmelo contado hoy –le confesó ella, pensativa.

–¿Por qué?

–Porque estoy demasiado cansada de lidiar con Nathan como para enfadarme de verdad contigo –le respondió ella.

–Lo siento, Amanda –repitió Pam–. Sé que Nathan y tú lo estabais pasando mal y yo no os he puesto las cosas nada fáciles, pero él me ha dicho que vais a casaros y…

–¿Qué es lo que te ha dicho?

Pam se encogió de hombros.

–Me ha dicho que te casarías con él en cuanto te contase su plan y…

–¿Te ha dicho que iba a casarse conmigo antes de molestarse en pedírmelo? –inquirió Amanda.

–Eso parece.

Aquello la alegró en cierto modo. Al fin y al cabo, Nathan había visto a Pam antes de que ella le contase que estaba embarazada. Así que había planeado pedírselo sin saberlo. No obstante, eso no cambiaba el hecho de que no le hubiese dicho que la quería hasta que no se había visto obligado a hacerlo.

–Bueno… eso no cambia nada –le dijo a su hermana–. Le he dicho que no voy a casarme con él solo porque haya hecho planes para los dos.

–¿Le has dicho que no? –preguntó su hermana con incredulidad.

–Por supuesto. No voy a casarme con él solo porque esté embarazada otra vez.

–¿Estás embarazada?

Amanda se abrazó por la cintura.

–Sí, y puedo criar a este hijo sola. El niño tendrá una madre y una tía, ¿no?

–Por supuesto. Tía Pam –dijo esta sonriendo.

Amanda asintió.

–Puedo hacer esto sola, sin Nathan Battle si es necesario.

–Si te lo permite –murmuró Pam.

–¿Si me lo permite? –repitió Amanda–. ¿Has dicho eso?

Pam levantó ambas manos.

–Ya conoces a Nathan. No suele aceptar un «no» por respuesta.

–Pues va a tener que hacerlo en esta ocasión. No voy a permitirle que me diga lo que tengo que hacer, adónde tengo que ir y a quién tengo que querer.

Amanda se levantó del sofá y fue a mirar por la ventana. Era de noche y las farolas estaban encendidas. Por encima de ellas brillaban la luna y las estrellas.

Y en el rancho, el hombre al que amaba estaba solo con sus planes. Y Amanda deseó que se sintiese tan vacío como se sentía ella.

–Cómo me alegro de que la cafetería vuelva a estar abierta.

Un par de días después, Hank Bristow levantó una taza de café y le dio un largo sorbo, luego suspiró de placer y se dirigió a sentarse con un grupo de amigos que había en una mesa.

–La verdad es que no sabía qué hacer cuando teníais cerrado, chicas.

–Nosotras también nos alegramos de haber vuelto a abrir, Hank –le aseguró Amanda mientras se alejaba.

Miró a su hermana. Pam era una persona diferente. Ya no estaba amargada y llevaban varios días construyendo un todavía inestable puente entre ambas. Amanda esperaba poder tener una buena relación con ella algún día. No podía ocurrir de la mañana a la noche, por supuesto, pero al menos lo veía posible.

–Tierra llamando a Amanda…

Ella se sobresaltó y, riendo, se giró para mirar a Piper, que estaba sentada en un taburete frente a la barra.

–Lo siento.

–No pasa nada, pero me muero de hambre. ¿Me pones un donut para acompañar este delicioso café?

–Por supuesto.

Mientras abría el expositor en el que tenía la bollería y ponía un donut en un plato, Amanda pensó que era bueno tener amigas. Había acudido a Piper a contarle la repentina proposición de Nathan y ella había insistido en que Nathan la quería de verdad.

Pero Amanda no estaba tan segura. Durante los últimos días lo había echado de menos desesperadamente. Nathan no la había llamado. No había ido a verla. ¿Estaría esperando a que diese ella el primer paso? ¿Cómo iba a hacerlo?

Dejó el donut delante de Piper y susurró:

–Gracias de nuevo, por todo.

–De nada –respondió Piper, dando un sorbo a su café–. Supongo que todavía no tienes noticias suyas.

–No. Y no creo que vaya a tenerlas. Nathan es un hombre orgulloso… tal vez demasiado. Y yo lo he rechazado y me he marchado.

–En ese caso, tal vez debieras ser tú quien acudiese a él –le sugirió su amiga.

–¿Cómo voy a hacer eso?

–Dale una oportunidad, Amanda. Todo el mundo en el pueblo sabe que está loco por ti. ¿Por qué tú no lo crees?

Amanda quería creerlo. No había nada que desease más en el mundo.

Pam recorrió la barra, rellenó las tazas de café, charló con los clientes y se detuvo al llegar a J.T., que estaba en el mismo lugar de siempre.

–¿Más café?

–Gracias –le dijo él, observándola en silencio unos segundos, antes de decir–: Parece que Amanda y tú habéis arreglado vuestros problemas.

Ella dejó la cafetera y miró a su hermana.

–Estamos en ello. Supongo que podríamos decir que por fin he madurado.

–Ya era hora –murmuró J.T..

Pam sonrió.

–Es cierto. ¿J.T., por qué eres siempre tan bueno conmigo?

En respuesta, él se levantó, le dio la vuelta a la barra, la tomó entre sus brazos y le dio un apasionado beso.

—Este es el motivo —respondió sonriendo—. ¿Alguna otra pregunta?

Toda la cafetería estaba de repente en silencio, mirando el espectáculo que tenían delante. Pasaron un segundo, dos. Pam se llevó la mano a los labios y luego sonrió de oreja a oreja.

—Solo una pregunta, J.T. McKenna. ¿Por qué has tardado tanto?

Luego lo abrazó y le dio un beso en los labios, y un estallido de aplausos inundó la cafetería.

El resto del día pasó casi sin que Amanda se diese cuenta. Hizo su trabajo, sonrió y charló con los clientes, e intentó tragarse el nudo que tenía en la garganta. No podía dejar de pensar en Nathan y la sensación de vacío que tenía en el pecho hacía que le costase respirar.

J.T. se había quedado en un extremo de la barra y Pam había aprovechado todas las oportunidades que había tenido para pasar a darle un beso. J.T., que era un hombre paciente, había esperado años a que Pam se diese cuenta de que era la persona adecuada para ella.

Nathan no tenía tanta paciencia. No esperaba. Insistía. Daba órdenes y, cuando eso no

177

funcionaba, seguía adelante y hacía lo que pensaba que debía hacer.

Amanda se dio cuenta de que siempre había sido así. Y de que lo amaba tal y como era, aunque la fastidiase. Así que no podía culparlo por intentar hacer todo lo posible para que se casase con él.

Suspirando, miró hacia la calle y se quedó sin respiración al ver a Nathan avanzando hacia allí. Se le aceleró el corazón. Tenía el sombrero puesto y andaba con paso largo y decidido. La gente se apartaba de su camino.

Amanda intentó mantener la calma, pero no lo consiguió.

Nathan entró en la cafetería y miró a su alrededor hasta encontrarla. Y ella no pudo apartar la vista de aquellos intensos ojos marrones, que estaban cargados de emoción.

En la cafetería, todo el mundo estaba conteniendo la respiración y cambiando de postura para ver mejor lo que iba a ocurrir. A Amanda no le importó. En esos momentos, solo podía pensar en que Nathan estaba allí. Si había ido a decirle lo mismo que le había dicho en el rancho, ella le daría la misma respuesta y le pediría que se marchase, por mucho que le doliese.

Sí, era un hombre arrogante y avasallador, autoritario y orgulloso, pero ella lo amaba desesperadamente.

–Amanda –anunció en voz alta, para que

todo el mundo lo oyese–. Tengo que decirte un par de cosas.

–¿Aquí? –preguntó ella–. ¿Delante de medio pueblo?

–Aquí y ahora –respondió él, mirándola a los ojos–. Llevamos tanto tiempo intentando evitar o escondernos de las habladurías y de los rumores… que creo que ha llegado el momento de que les plantemos cara.

Se acercó más a ella y, bajando un poco la voz, añadió:

–No me importa lo que piensen. Ni lo que digan. Deja que nos miren, Amanda. Ya no vamos a escondernos más.

Ella sintió calor, pero asintió. Nathan tenía razón. Habían permitido que los rumores los separasen, tal vez fuese hora de pensar en ellos mismos y dejar de preocuparse por lo que el resto del pueblo dijese.

–Tienes razón –admitió–. No nos esconderemos más.

Él sonrió de medio lado y le brillaron los ojos. Por un instante, la terrible tensión que Amanda tenía en el pecho desapareció y ella sintió que formaba un equipo con Nathan. Eran los dos contra los rumores.

–He estado dándole vueltas a lo que hablamos el otro día –dijo él en voz baja y profunda, mirándola a los ojos.

Alargó una mano y le tocó la mejilla, y Amanda se estremeció y cerró los ojos para disfrutar de la sensación. Cuando los abrió, Nathan seguía observándola.

–Tenías razón, Amanda. La noche que me contaste que estabas embarazada te dije lo que querías oír para convencerte de que te casases conmigo.

Ella se quedó sin respiración y notó que los ojos se le llenaban de lágrimas.

–Pero eso no significa que no fuese verdad –añadió Nathan, tomándole el rostro entre las manos.

–Nathan...

–Te quiero y siempre te querré –le dijo él, inclinando la cabeza para besarla suavemente en los labios–. Aunque tal vez no te lo dije en el mejor momento.

–¿Tal vez?

–Sé que me rechazaste, pero que me quieres, Amanda. Y yo también te quiero a ti, con todo mi corazón. Si no hubiese sido demasiado joven y arrogante para decírtelo hace siete años... tal vez las cosas habrían sido diferentes.

Amanda sabía que toda la cafetería los estaba escuchando, pero no le importó. En esos momentos solo le interesaba Nathan.

–Quiero creerte –le dijo–. De verdad.

–Y puedes creerme. Estamos hechos el uno para el otro, y lo sabes.

Nathan se metió la mano en el bolsillo y sacó una pequeña caja forrada de terciopelo rojo. La abrió y le ofreció un anillo de oro, con un topacio rodeado de diamantes.

–Esto es para ti, Amanda. La piedra es del color de tus ojos. Cada vez que los miro, me enamoro otra vez. Eres la mujer de mi vida, Amanda. Así que… ¿quieres casarte conmigo?

Ella sacudió la cabeza e intentó contener las lágrimas. Nathan le estaba ofreciendo todo lo que siempre había querido: amor y un futuro juntos.

Apartó la vista del anillo y la clavó en sus ojos, y estuvo a punto de llorar al ver en ellos cariño, pasión, amor.

Antes de que le diese tiempo a responder, Nathan continuó:

–Cuando te fuiste la otra noche, te llevaste mi corazón. No podía respirar, ni dormir. Solo podía pensar en la manera de recuperarte. Te dejé escapar una vez y sé que no podría vivir el resto de mi vida sin ti.

Amanda se puso a llorar y él le limpió las lágrimas de las mejillas. Nathan le estaba diciendo lo que le tenía que decir. Le estaba ofreciendo la vida que tanto deseaba. Y lo creía.

–Yo también te quiero, Nathan –le respondió, sonriendo–. Solo necesitaba creerte.

–¿Y ahora me crees? –preguntó él.

–Sí –respondió Amanda, dándose cuenta de que nunca había estado tan segura de nada en toda su vida.

–Te prometo que no te arrepentirás.

La tomó entre sus brazos y la besó apasionadamente.

Y mientras todo el mundo aplaudía a su alrededor, Amanda supo que por fin tenía lo
que siempre había querido.

El hombre al que amaba la correspondía y
no había en el mundo nada más bonito que
aquello.

Epílogo

La boda no fue tan íntima como Nathan había planeado ni hubo tantos invitados como Amanda se había temido. Asistieron la familia y los amigos. Y Amanda tuvo la sensación de que pronto habría otra boda en Royal.

Y la celebraron de noche para evitar el calor de aquel último día de julio. El jardín estaba adornado con farolillos y había jarrones con flores y guirnaldas por todas partes.

Las mesas estaban llenas de comida y Jake había puesto un aparato de música en el porche delantero. Los niños jugaban en los columpios y había risas, y amor.

Era increíble cómo había llegado el amor y había hecho que el mundo fuese más alegre, más luminoso y estuviese lleno de promesas.

–¿Qué hace sola una novia tan guapa? –preguntó Nathan, acercándose a abrazarla por la cintura.

Ella sonrió.

–Estaba pensando en que es un día perfecto.

–Sí, solo podría mejorar con la presencia de Alex.

Amanda se giró entre sus brazos y lo miró. Sabía que Nathan seguía preocupado por su amigo. Hacía casi un mes que no sabían nada de él.

–Lo encontrarás. Y todo estará bien.

Él miró a su alrededor y luego volvió a clavar la vista en sus ojos.

–Voy a tener que declararlo oficialmente desaparecido.

–Lo encontrarás –repitió ella.

–Sí, pero ya lo haré mañana. Hoy voy a bailar bajo la luna con la mujer a la que amo.

–Creo que no me voy a cansar nunca de oírte decir eso.

Él la guio hasta la pista de baile que habían instalado en el jardín y la tomó entre sus brazos.

–Nunca voy a dejar de decírtelo.

Y Amanda se dejó llevar por el momento, por la magia y por el hombre que siempre estaría en su corazón.

No te pierdas *El secreto de Lila*, de Sara Orwig, el próximo libro de la serie
CATTLEMAN'S CLUB: DESAPARECIDO.
Aquí tienes un adelanto...

Sam Gordon miró a su alrededor y una melena rojiza y lisa llamó su atención. Solo podía ser una persona. El sedoso pelo de Lila Hacket tenía un color único y natural, como toda ella. Había vuelto al pueblo y a Sam se le aceleró el pulso solo de pensarlo. ¿Habría ido a casa para la barbacoa que los Hacket organizaban todos los años? De repente, dejó de prestar atención a la conversación sobre caballos en la que estaba y pensó en el cuerpo desnudo de Lila entre sus brazos.

Los rancheros con los que estaba se echaron a reír con un comentario de Beau Hacket y Sam sonrió e intentó volver a la conversación. Beau estaba señalando con orgullo su última adquisición, un alazán de tres años, y los miembros del Club de Ganaderos de Texas que estaban junto a él se acercaron más al corral.

Lila estaba de espaldas a Sam, charlando con otro grupo de invitados. Era más alta que casi todas las demás mujeres y llevaba puesto un vestido de tirantes azul turquesa y unas sandalias de tacón. Sam estaba seguro de que tendría la oportunidad de hablar con ella antes de que terminase la noche, y volvió a hacer un esfuerzo por concentrarse en la conversación que se desarrollaba a su alrededor. Dave Firestone, que tenía un rancho de ganado, y Paul Windsor, un magnate de la industria energética, estaban haciendo preguntas a Josh, el hermano gemelo de Sam, acerca de los caballos. A Josh le encantaban los caballos, otra cosa más que lo diferenciaba de Sam.

–Beau, ¿has comprado ese caballo por aquí? –preguntó Chance McDaniel.

–No. Lo compré en Cody, Wyoming, pero no es un caballo para un rancho como el tuyo, amigo.

–Yo también tengo un rancho ganadero, y me gustaría tener otro caballo vaquero –respondió Chance.

–Lo que necesitas es una yegua pequeña, como la que tengo para Cade. Un animal que hasta un niño de cuatro años pueda montar –añadió Gil Addison, otro ranchero local.

Sam no tenía caballos, como el resto de los hombres de su círculo. Todos pertenecían a la élite del Club de Ganaderos de Texas y Sam los veía frecuentemente, así que pensó que no importaría que se apartase del grupo en esos momentos.

–Si me perdonáis –les dijo–. Ahora vuelvo.

Y se alejó con aparente tranquilidad, a pesar de que por dentro estaba hecho un manojo de nervios. Lila no le había devuelto la llamada a la mañana siguiente de haber pasado la noche juntos y él lo había dejado pasar. Había otras mujeres en su vida. Pero habían pasado tres meses y no había logrado dejar de pensar en ella.

¿Por qué había vuelto? La vio reírse y apartarse del grupo en el que estaba y apretó el paso, decidido a no perderla.

Un minuto después estaba a su lado.

–Lila, bienvenida.

–Sam –respondió ella, girándose y forzando una sonrisa–. Espero que estés disfrutando de la fiesta.

Le habló como a un desconocido, como si nunca hubiesen pasado una noche juntos. Y Sam no estaba acostumbrado a que las mujeres reaccionasen así con él.

–La fiesta es estupenda, como siempre. Aún mejor con tu presencia. ¿Has venido sola a la barbacoa?

–No, lo cierto es que he venido a prepararlo todo para una película que se va a rodar a finales de mes –le dijo ella–. Me alegro de verte. Que te diviertas.

Y luego se giró a saludar a su amiga Shannon Fentress, que se había casado recientemente.

–Hola, Shannon –la saludó Sam también–. Estaba dándole la bienvenida a Lila.

–¿Cómo iba a perderse la barbacoa anual de su familia? –comentó Shannon–. Huele tan bien que es una pena que no se pueda embotellar el aroma y hacer un perfume.

Lila se echó a reír.

–Qué exagerada. Tenemos cocinera nueva, te la voy a presentar. Aunque a mi padre le gusta supervisarlo todo. Si nos perdonas, Sam –dijo en tono dulce, haciéndole un gesto a Shannon para que la siguiera.

Sam las vio alejarse y recorrió con la mirada la espalda de Lila. Le extrañaba que hubiese estado tan fría con él. Clavó la vista en el sensual balanceo de sus caderas y frunció el ceño. Quería salir con ella.

Deseo

UN AUTÉNTICO TEXANO

MARY LYNN BAXTER

Grant Wilcox estaba acostumbrado a conseguir todo lo que quería, y lo que ahora deseaba era a Kelly Baker, la bella desconocida recién llegada a la ciudad. Y tuvo la suerte de que aquella hermosa mujer fuera, además de preciosa, una excelente abogada capaz de sacar de una situación complicada a un buen empresario como él.

La relación que debía ser exclusivamente profesional no tardó en convertirse en una apasionada aventura. Y Grant comenzó a preguntarse si la llegada de Kelly a su vida no iría a causarle excesivos problemas.

Él era indomable y, ella,
toda una fuente de problemas

¡YA EN TU PUNTO DE VENTA!

Acepte 2 de nuestras mejores novelas de amor GRATIS

¡Y reciba un regalo sorpresa!

El atractivo magnate griego tenía fama de conseguir siempre lo que quería

Alexios Christofides no le hacía ascos a mezclar la venganza con el placer. Estaba decidido a arrebatar el imperio Holt a su enemigo… ¡aunque para ello tuviera que seducir a su prometida! Rachel Holt había pasado años interpretando el papel de abnegada hija, anfitriona, prometida perfecta… y no había fallado una sola vez. Hasta que una única y electrizante noche con un extraño le permitió saborear una libertad desconocida… Pero aquella noche terminó teniendo grandes consecuencias para ambos… ¡sobre todo cuando Rachel descubrió la verdadera identidad de Alex!

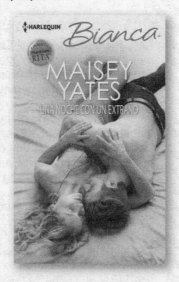

Una noche con un extraño

Maisey Yates

Deseo

UN BROTE DE ESPERANZA

KATE HARDY

Alex Richardson era el típico mujeriego al que solo le interesaban las relaciones pasajeras con mujeres despampanantes, por eso su amiga Isobel se quedó de piedra cuando le propuso matrimonio. ¿Qué podía ver en ella, bajita y aburrida, un hombre que no creía en el amor pero a quien Isobel amaba en secreto?

Alex necesitaba una esposa para conseguir un trabajo, e Isobel era la candidata ideal. Ella albergaba serias dudas sobre su disparatado plan, hasta que Alex le dio a probar una muestra de lo que podría ser su noche de bodas.

¿Podría resistirse a la propuesta?

¡YA EN TU PUNTO DE VENTA!